그리하여
어느 날

그리하여
어느 날

글·사진 11월

아라크네

프롤로그

저를 무엇으로 설명해야 할까요. 이름은 무엇이고 나이는 몇 살이며 어떤 일을 하고 어디에 사는지 같은, 그런 말로 제가 누구이며 어떤 사람인지 설명할 수 있을까요.

살아갈수록 점점 더 많은 것이 모호해집니다.

그저 이 글이 누군가를 향한 일종의 고백이 되길 바랍니다.

제가 누구인지에 대한 설명이 되기를 바라는 것이 아닙니다.

저의 어둠이 누군가에게 작은 위로가 되기를.

　이 깊고 절박한 어둠 속에 남겨진 것이 당신 혼자만은 아니라고. 괜찮다고. 누구도 내게 해 주지 않았던 말이 당신에게 가 닿을 수 있기를.

　나와 당신이 서로의 자리에서 저마다의 어둠을 견딜 수 있는 등불이 되기를, 바랍니다.

　부디, 안녕하시기를.

Centents

2장

너와 나의
작은 세계

3장
이런 사랑

4장
감자·보리와
살고 있습니다

1장

우주를 건너 나에게 온

반드시 너여야만 하는

가끔 돌이킬 수 없게 많은 것이 뒤틀려 버린
인생의 어느 시점에 대해 생각한다.
그 시절로 돌아가 모든 것을
다시 시작하고 싶다는 생각도 하지만
2013년 8월, 감자를 처음 만난 여름밤의 도로 끝
그걸 기억하지 못한다면 다 무슨 의미일까.

아무 의미 없지. 그런 삶은.

1장 우주를 건너 나에게 온

겉도는 기름처럼 어디에서도 환영받지 못했던 내 생에 가장 길고 어둡던 시절, 감자를 만났다.

그날 밤을 떠올릴 때면, 어쩌면 세상에는 반드시 그때여야만 하는 일이 존재하는지도 모른다는 생각을 한다. 그때여야만 하는. 너여야만 하는.

지금도 또렷이 기억하고 있다. 덥고 습한 8월의 여름밤. 도로 끝, 낡은 청록색 트럭의 커다란 바퀴 옆에 가만히 앉아 산책로를 오가는 사람들을 바라보던 작은 고양이 한 마리.
"안녕?"
인사를 건네자 "마아" 하고 다가와 동그란 눈으로 나를 올려다보며 내 다리에 제 몸을 부비던, 환한 가로등 불빛 아래 작고 부스스한 고양이 한 마리.

그때는 몰랐다. 그 모든 것이 얼마나 비현실적인, 마치 기적 같은 일이었는지를.

1장 우주를 건너 나에게 온

어쩌다 보니

감자를 안고 가만히 눈과 코와 얼굴을 들여다볼 때면
어쩜 이렇게 매번 어김없이 눈물이 쏟아지는지 모르겠다.

이 작은 몸 안에서도 심장이 뛰고 따듯한 피가 도는구나.
그렇게 너는 움직이고 말을 하며 나와 눈을 맞추는구나, 싶어서.

1장 우주를 건너 나에게 온

대학 4학년이 되던 스물셋에 나보다 일곱 살 많은 사람과 결혼을 했다. 스물셋에 첫 아이의 엄마가 되었고, 스물일곱에 세 아이의 엄마가 되었다.

이제는 나조차도 믿기 힘들 만큼 오랜 시간이 흘러 그저 꿈이었다고, 어쩌면 누군가의 지독히도 저열한 농담이었을지도 모른다고, 그렇게 쉽게 웃어넘길 수 있다면 좋겠지만. 그 모든 일은 분명히 일어났고 영원히 지워지지 않을 나의 과거이므로, 아무튼.

아이가 셋이라는 말을 하면 대부분 "그래도 사이는 좋았나 봐요" "되게 사랑했나 봐요" 하며 웃는다. 나는 그저 "그런가요" 하며 웃지만.

세 아이를 낳을 수밖에 없었던 이유와 아이들을 낳고 기르는 동안 나에게 어떤 일이 일어났는지를 굳이 모두에게 설명할 필요는 없으니까.

아이들을 낳고 기르는 동안 나는 온갖 말도 안 되는 이유로 자주 맞았고 죽여 버리겠다는 위협에 시달렸다.

그저 운이 좋았을 뿐이다. 가만두지 않겠다며 내 머리칼을 뭉텅뭉텅 자르던 날 가위가 조금만 엇나갔더라면. 죽여 버리겠다며 폭설에 뒤덮여 인적 하나 보이지 않던 산길로 나를 끌고 올라가던 날 길이 험하다고 끝끝내 우릴 막아서던 스님이 아니었더라면. 나는 몇 번이고 아무도 모르게 죽었을지 모른다.

　무조건 아이는 셋을 낳아야만 한다는 그의 말 때문이었다고 얘기한들 누가 이해할 수 있을까. 그런 몇 마디의 말 앞에서조차 속수무책이어야만 했던 그 날들을.

　아무 말 없이, 누구에게라도, 그저 "그런가요" 하며 웃을 뿐이다.

　도움을 청할 사람 하나 없는 외딴섬. 누구도 나를 구하러 오지 않는 곳. 그곳이 나의 집이었다. 어느 날 운 좋게 현관문을 열고 도망친다고 할지라도 몇 걸음 가지 못해 머리채를 잡히거나 무자비하게 맞고 쓰러져 다시 그 집으로 끌려 들어갈 것이라는 공포에 사로잡혀 도망갈 생각조차 할 수 없었던, 그것이 나의 결혼이었다.

　처음부터 '이럴 줄 알았던' 일이 얼마나 될까.

　대부분의 불행은 그렇게 시작된다. 어쩌다 보니.

아무도 모르는 마음

어디에도 속하지 못한 채로 살아가는 사람을 설명하는 말이 있을까.

나는 버텼고 살아남았고 그곳으로부터 도망쳤다.

언젠가는 아무 일도 없었다는 듯이 모든 것이 제자리로 돌아가리라고, 모든 것이 괜찮아지리라고 믿었다.
"애들 생각도 해야지."
"살다 보면 부부가 싸우기도 하고."
"남자가 욱하는 마음에 그런 걸."
그러나 어디에도 내 편은 없었다. 사람들은 태연한 얼굴로 웃으며 다가와 나를 넘어뜨리고 비수를 꽂았다.

완전한 이혼까지는 꼬박 몇 년이 걸렸다. 모든 것이 뭘 모르는 철없는 나의 잘못이라는 무언의 질타와 비난을, 그 오랜 불안을 혼자서 견뎌야 했다. 마침내 서류에 도장을 찍고 완전한 남남이 되던 그날의 마음을, 그 서러움을 누가,
누가 알까.

명아주

내가 뭐라고
너는 이렇게 나를 사랑할까.

명아주라는 한해살이풀에 대해 아는 사람이 얼마나 될까.

내가 국민학생이었던 1980년대엔 방학마다 식물채집 같은 숙제가 있었다. 그때 알게 된 한해살이풀의 이름 중 하나가 명아주다.

숱하게 마주치며 매일 그 앞을 지나면서도 나는 몰랐다. 집에서 학교로 이어지는 기다란 길목마다 무성히 자라던 그 많은 풀의 이름이 명아주라는 것을.

명아주는 어디에나 있었다. 길가에도 있었고 집 앞마당에도 있었고 학교 화단에도 있었다.

식물채집 숙제에 필요한 개수를 채우기 위해 그럴듯한 식물 사이에 명아주를 끼워 그 아래 이름을 적어 넣지 않았더라면, 어쩌면 나는 영영 명아주를 모른 채 살았을지도 모른다.

어디에나 있는, 누구나 한 번쯤은 지나쳤을, 그러나 굳이 그 이름까지 알아야 할 필요는 없는.

감자를 만나기 전까지 고양이란 내게 명아주 같은 존재였다.

트위터 세상

세상에 운명이라는 것이 정말로 존재한다면
어쩌면 감자는 나의 운명일지도 모른다.

"언니 트위터 하세요? 어쩐지 언니랑 되게 잘 어울리는데."

계정만 만들어 둔 채 묵혀 두었던 트위터를 띄엄띄엄이나마 시작하게 된 계기는 그랬다.

트위터를 시작하기 전까지 내게는 개도 고양이도 그저 명아주와 같았다. 어쩌다 마주쳐도 나와는 상관없는, 어디에나 있는 흔하디흔한 이름 모를 풀과 같은. 그러나 트위터에서는 달랐다. 세상의 모든 풀과 꽃에 관해 이야기하는 사람들이 있었고 버려진 동물을 하나라도 더 구조하기 위해 애쓰는 사람들이 있었다.

처음 보는 세상이 그곳에 있었다. 세상의 모든 살아 있는 것부터 살아 있지 않은 것까지 누군가의 사랑이 되는 곳, 트위터는 그런 곳이었다. 그때부터였다. 거기 있는지조차 알지 못했던 길고양이들이 하나둘 눈에 들어오기 시작했다.

트위터가 아니었다면 그날 그곳에서 감자를 발견하는 일 같은 건 일어나지 않았을 것이다. 우연히 눈이 가 닿았다 할지라도 그저 무심히 지나쳤겠지. 이전의 나였더라면.

그러니까 세상엔 정말 운명 같은 것이 존재하는지도.

갈 곳 없는 고양이

우리가 선의라고 부르는 많은 것들의 실상은 이런 것일지도 모른다.
달리 방법이 없어서, 도저히 모른 척 돌아설 수가 없어서
신발 속 서걱거리는 몇 알의 모래처럼
작고 보잘것없는 불편한 마음 하나가
누군가의 인생을 구하게 되는 것인지도.

1장 우주를 건너 나에게 온

병원까지만 데려다주면 그 뒤부턴 누구라도 알아서 하겠거니, 잃어버린 동물을 찾아 주는 일을 하는 사람이 따로 있겠거니 생각했다. 길에서 발견한 감자를 안아 차에 태울 때의 나는 그랬다.

　물어물어 찾아간 병원에서 "생각만큼 쉬운 일이 아니에요. 운이 좋으면 집으로 돌아가는 애들도 있지만 그건 보호자가 찾아다닐 때라야 가능한 이야기죠. 보통 이런 경우 대부분은 보호소로 보내지는데 이렇게 얼굴이 납작한 고양이들은 그리 오래 버티질 못해요. 호흡기 질환에 취약하기도 하고… 일주일이나 버틸 수 있으려나. 설사 며칠 더 버텨도 안락사가 있는 보호소라면…"이라는 얘길 듣기 전까지도 나는 그랬다.

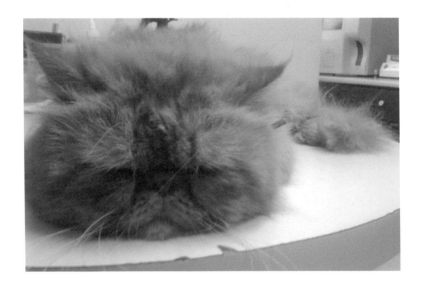

그런 얘기를 하며 감자의 몸 구석구석을 살피던 원장님이 기다란 털에 가려져 보이지 않던 작은 목걸이를 발견했다. 거기엔 이름과 전화번호가 적혀 있었다. 살았구나 싶었다. 내 고양이가 아니라고, 친구에게 줬다고 무심히 말하는 수화기 너머의 앳된 목소리를 듣기 전까지는.

고양이를 줬다는 그 다른 친구의 연락처를 물어 다시 전화를 걸었으나 역시 같은 대답이 돌아왔다. 지금의 보호자라는 마지막 친구와는 끝끝내 연락이 닿지 않았고, 누구 하나 "지금 제가 데리러 갈게요"라고도 말하지 않았다.

두 살은 족히 되었을 것이라는 감자의 몸무게는 겨우 2킬로그램이 조금 넘었다. 한때 자신과 함께 지냈던 이 작은 고양이가 길에서 발견되었다는 말을 듣고서도 누구 하나 거기가 어디냐 묻지 않았다. 감자에겐 갈 곳이 없었다.

나는 감자를 데려가기로 했다.

우리의 시간

감자야, 있지.
내가 널 얼마나 사랑하느냐면
매일 언제 어디서든 너 생각을 하는데 말이야.
오늘은 이거 보고 또 너 생각했잖아.

자다 깨 잔뜩 눌린 귀여운 너 이마 그거.

지금도 감자를 생각하면 우리가 처음 만났던 2013년 그날의 밤과 깁스를 한 채 보냈던 그해 여름, 그리고 가을이 또렷이 떠오른다.

감자를 데려왔지만 막상 갈 곳이 없었다. 그때 마침 지인이 얻어 두기만 하고 비워 놓은 낡은 사무실이 있었다. 불행 중 다행으로 당분간은 거기서 지내도 좋다는 허락을 받아 냈다. 작고 낡은 사무실 하나가 무엇보다 든든했다.

그런 마음도 잠시, 며칠 지나지 않아 감자가 어딘가에서 크게 점프를 한 다음부터 다리를 절기 시작했다.
발가락 골절이었다.
달려간 병원에서는 "길에서 떠돌던 당시 발가락에 금이 갔고 점프를 하다 완전히 부러졌을 수도 있다"는 말과 함께 대학 병원으로 가 보는 것이 좋겠다는 대답이 돌아왔다. 대학 병원에서의 검사 결과 역시 크게 다르지 않았다. 발가락 두 개가 부러졌고 부러진 발가락을 잇는 수술이 필요하다고 했다.

모든 것이 내 잘못 같았고 끝도 없이 눈물이 쏟아졌다. 수술 일정과 이후 진행 상황에 대한 안내를 받은 다음 감자를 병원에 두고 돌아오던 날의 그 마음을 아마 나는 영영 잊지 못할 것이다.
이 넓은 세상에서 나 하나만을 의지하는, 갈 곳 없는 작고 부스스한

고양이를 거기 두고 그 어떤 설명도 하지 못한 채 돌아서야 했던 그날의
그 마음은.

  수술 다음 날, 처음으로 감자의 면회를 갔다. 구겨진 외투처럼 축 늘
어진 채 아무 미동도 없이 레지던트 선생님의 팔에 들려 나오던 감자의
멍한 얼굴은 까만 눈물과 눈곱으로 범벅이 되어 있었다. 그러다가 날 발
견한 순간 초점 없던 감자의 눈에 반짝 생기가 돌았다. 감자는 무작정
내 품으로 뛰어들었다. 내 목을 꼭 끌어안던 감자의 작고 작은 두 발의
감촉.
  "보통 고양이들은 이렇지 않은데. 신기하네."

그리하여 어느 날

레지던트 선생님이 말했다.

고양이에게도 과거의 언젠가 무엇을 했다는 기억이 존재한다는 연구 결과에 대한 글을 읽은 적이 있다.

'과거의 언젠가 무엇을 했다'라는 기억.

감자도 그랬을까. 우리가 처음 만난 8월의 여름밤과 함께 지냈던 낡고 작은 사무실을 기억하고 있었을까. 영문도 모른 채 마냥 기다리고 또 기다려야만 했던, 낯선 소음과 공포로 가득한 병원에서 낯익은 얼굴을 발견한 순간 정말 그 모든 것을 기억해서 내 목을 꼭 끌어안았던 것일까.

차마 보호소로는 보낼 수 없어 데려왔으나 그것은 연민과 비슷한 그 무엇이었을 뿐 사랑이라 부를 만한 마음은 아니었다. 모든 것이 낯설고 어색한 가운데 그저 내가 좋아서 내 옆에 있고 싶어서 다가와 몸을 기대는 작은 고양이를 나는 자꾸만 자꾸만 밀어내고 피하기만 했는데, 그 고양이가 내 목을 꼭 끌어안았다. 마치 이 우주에 자신이 기댈 곳은 나 하나뿐이라는 듯.
그 순간 감자와 함께 집으로 돌아가는 것보다 중요한 일은 세상 어디에도 없을 것만 같았다.

책상 아래 너의 집

날 이해해 주는 사람도 믿어 주는 사람도 없던 시절.
마음 편히 두 다리 뻗고 누울 나만의 공간 하나 없던 시절.
모든 것이 송곳처럼 나를 찌르던 시절.

갈 곳 없는 감자와 기댈 곳 없는 내가 만나
서로의 지붕이 되고 등불이 되었다.

그 시절 우리는 서로에게
세상의 전부였다.

"가능하면 케이지 안에서 지내도록 하세요. 깁스로 수술 부위를 감아 두기는 했지만 다시 부러지지 않는다는 보장은 없으니까요."

하루나 이틀도 아니고 최소한 3주 이상을 작은 케이지 안에서 지내는 것이 가능한 일일까. 막막했다.

퇴원 후 한쪽 발에 깁스를 한 감자를 안고 작은 사무실로 돌아왔다. 미리 마련해 둔 이불 위에 내려놓자 어리둥절한 얼굴로 한동안 두리번 거리던 감자는 갑자기 점프를 하더니 쿵 소리와 함께 장식장에 가 부딪힌 다음 이불 위로 떨어져 버렸다. 나는 떨어진 감자를 안고 한참을 그대로 있었다.

오직, 발가락이 괜찮기만을 바라면서.

그날 이후 감자는 충분히 지나갈 수 있는 한 뼘 높이의 턱도 절대 혼자 넘어가려 하지 않았다. 아무 말 없이 나를 바라보며, 눈이 마주칠 때까지 그저 기다리고 또 기다렸다. 내가 저를 돌아볼 때까지. 그러다 눈이 마주치면 그제야 "마" 하며 작은 목소리로 나를 불렀다.

"감자, 올라갈 거야? 여기 가고 싶어?"

책상 앞에 앉아 일을 할 때면 언제나 옆 의자 위에 감자를 올려 두었고, 잠시라도 일어날 땐 감자도 함께 내려 주었다. 감자의 부러진 발가락이 거의 다 붙었다는 얘길 들을 때까지 거의 두 달을 그렇게 지냈다.

내가 함께 있을 땐 모든 것이 순탄했다. 문제는 언제까지고 아무런 설명 없이 사무실에서 지낼 수만은 없다는 사실이었다. 그러나 감자만 두고 사무실을 비울 수도 없었다.

고민 끝에 세 면이 막힌 사무용 책상 아래에 커다란 종이 상자로 된 문을 달아 나름의 실내용 케이지를 만들었다. 내가 지켜볼 수 없는 시간 동안엔 그 안에서 지내면 괜찮을 것 같았다. 종이 상자를 잘라 만든 문에는 조그맣게 구멍을 뚫어 창문도 내고 두껍고 투명한 비닐도 사다 붙였다. 안에는 부드러운 이불과 방석을 깔아 두고 밥그릇과 물그릇, 작은 화장실까지 넣어 두었다.

종이 상자로 만든 문은 어설프기 짝이 없어서 손으로 툭 살짝만 건드려도 열려 버렸다. 하지만 감자는 내가 꺼내 주기 전까지는 절대 거기서 나오지 않았다. "다녀올게" 하고 책상 아래 감자를 둔 채 종이 문을 닫으

면 가만히 엎드린 모습으로 내가 돌아올 때까지 꼼짝하지 않았다. 내가
사무실에 들어서는 소리가 들리면 이어서 "마" 하며 아는 척을 하는 감
자의 목소리가 들렸다.

종이 상자로 만든 문을 열고 감자를 안아 올리면 가만히 내 목을 끌어
안았다. 내 볼에 제 얼굴을 기대던 그 순간의 작은 무게와 온기를 기억
한다. 작은 이불 위에 나란히 앉아 감자의 이마를 쓰다듬고 있자면 한없
이 날 올려다보고 또 올려다보며 깁스를 하지 않은 발로 내 발을 쓸어
보고 얼굴도 기대면서 한참을 골골거리던 그 모든 순간을.

엉망진창인 채로 망가져 버린 내 인생에서 감자는 유일하게 온전히
반짝이는 작은 등불이었다.

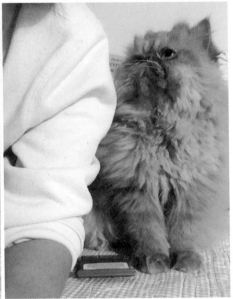

그리하여 어느 날

우리 집

일종의 동지애.
나는 감자에게 그런 마음을 가지고 있다.

"이제 깁스는 빼도 되겠어요."

나는 어딘가 부러졌던 적도, 그 때문에 깁스를 했던 적도 없다. 그래서 감자가 어떤 기분인지 얼마나 힘든지 전혀 알 수 없었다. 어디가 불편하거나 아프진 않냐고 물을 수도 없었다. 이 작은 발가락이 다시 부러지면 어쩌나 매일 노심초사하며 낮이든 밤이든 깁스만 빠져도 병원으로 달려갔다. 뭘 잘 모르는 인턴이 붕대를 너무 세게 감은 탓에 수술 부위가 터져 다시 피가 흐르고 발끝으로도 피가 몰려 감자의 작은 젤리가 온통 보라색으로 변해 버린 날도 있었다.

동물과 함께 살거나 살았던 사람이라면 아마 이해할 것이다. 그저 지켜보는 것 말고는 할 수 있는 일이 아무것도 없는 그 마음을.

그 모든 것이 끝이라니. 깁스를 빼도 될 것 같다는 말이 얼마나, 얼마나 좋던지. 꿈만 같았다. 행복했다.

하지만 또 다른 문제가 우리를 기다리고 있었다. 지인으로부터 지내던 사무실을 비워 달라는 연락이 왔다.

감자와 함께 부모님 댁으로 들어갈 수는 없었다. 누구보다 깔끔한 성격의 아빠에게는 고양이와 한 집에서 잠을 자고 밥을 먹는다는 것은 절대 있을 수 없는 일이었다. 고민 끝에 엄마에게 감자에 관해 이야기한 후 진행 중이던 작업들의 페이가 정산되면 해결할 수 있을 금액, 딱 그만큼만 빌려주십사 부탁했다.

그렇게 우리의 첫 집이 생겼다. 작은 방 하나와 작은 거실, 아주 작은 베란다와 그만큼 작은 주방이 있는 집이었다.

감자와 나 둘뿐이라면 충분했겠지만, 아이들을 생각하면 말도 안 되게 작은 집이었다. 내가 가진 예산으로 그보다 더 큰 집은 구할 수 없었다. 당분간은 내가 부모님 댁을 오가며 지내면 되겠지 싶었다. 출퇴근을 하는 것이라고 생각하기로 했다. 하지만 감자 이야기를 들은 아이들은 작은 집 같은 건 아무래도 상관없다며 너도나도 그 집에서 살고 싶다고 했다.

이사한 첫날, 나는 몇 년 만에 처음으로 깊고 편하게 잤다.

놀랍게도 모든 것이 그저 다 좋았다.

부모님 댁에서 지내는 동안 나는 언제나 죄인이었고 나만 아는 이기적인 딸이었다. 누구도 그렇게 말하지 않았지만 알 수 있었다. 아이들과 함께 다시 집으로 돌아가겠다며 짐을 싸도 나를 말리는 사람은 없으리라는 것을. 그리고 모두가 그것을 바라고 있다는 것을.

그 작은 집에서는 우리가 원할 때 얼마든지 잠들 수 있었고 언제까지고 깨어 있어도 괜찮았다. 늦은 밤에도 보고 싶은 만큼 실컷 TV를 봤고 배가 고플 때는 시간이 몇 시든 상관없이 원하는 음식을 만들어 먹었다. 그 누구의 눈치도 볼 필요 없다는 사실 하나만으로도 매일매일이 그저 신나는 축제고 소풍 같았다.

가진 돈도 없었고 큰돈이 생길 가능성도 없었다.

"원래부터 나쁜 사람은 아니지 않느냐. 아이들을 생각해서라도."

이혼을 반대하시던 부모님의 도움 없이는 무엇도 할 수 없을 것만 같았던 나의 삶이 감자로 인해 달라지고 있었다.

감자는 나의 용기였고 희망이었다.

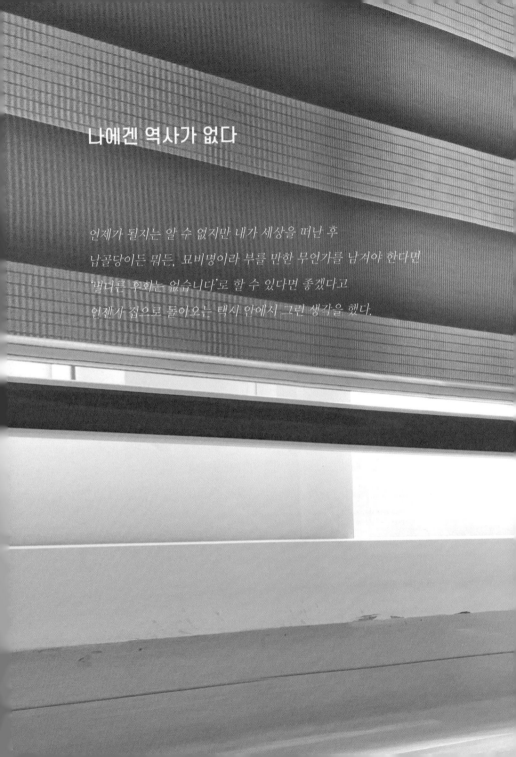

나에겐 역사가 없다

언제가 될지는 알 수 없지만 내가 세상을 떠난 후
납골당이든 뭐든, 묘비명이라 부를 만한 무언가를 남겨야 한다면
'별다른 후회는 없습니다'로 할 수 있다면 좋겠다고
언젠가 집으로 돌아오는 택시 안에서 그런 생각을 했다.

　누군가의 역사란 그 사람의 책상 서랍 속 물건이나 커튼의 주름, 혹은 오래된 옷과 냉장고 문을 빼곡히 채운 자석, 뒤축이 닳은 구두 같은 것일지도 모른다. 유년기부터 해마다 남긴 사진이라든가 무슨무슨 대회에 나가 받은 상장 같은. 혹은 어느 한 시절을 함께한 이들과의 편지나 엽서 같은 흔적일 수도 있겠고. 그런 것을 한 사람이 살아온 삶의 궤적이자 역사라 한다면 나에겐 역사라 부를 만한 것이 없다.

　옷가지 몇 벌만 챙겨 도망치듯 집을 나온 이후 나의 크고 작은 물건과 추억은 전남편과 그의 식구들이 나눠 가졌다. 그렇게 나의 모든 흔적은 그 집과 함께 사라졌다.

나는 그 시절을 이렇게 기억한다. 너무 불행해서 오히려 그것이 불행인지도 몰랐던 시절. 갑자기 쏟아지는 비를 만났을 때 우리가 할 수 있는 유일한 한 가지는 달리고 또 달리는 것이다. 어딘가 이 비를 피할 만한 곳이 한 군데쯤은 있기를 바라면서.

여전히 나는 하고 싶은 일도 많고 되고 싶은 것도 많지만, 그저 나중으로 조금 미뤄 두는 것뿐이라고 매일 스스로 위로한다. 지금 당장은 이

달의 월세를 공과금을 카드 대금을 아이들의 학원비를 밀리지 않고 제 날짜에 무사히 내는 일이 더 중요하다고, 지금은 그것으로 충분하다고 몇 번이고 되뇌면서.

때로 이 얄팍한 유보가 더는 나를 속일 수 없을 때, 아무리 열심히 일하고 돈을 벌어도 양말 한 짝 마음대로 살 수 없을 끝없는 가난으로부터 도망쳐 버리고만 싶을 때, 그럴 때면 '그저 날이 좋아서' '봄이 올 것 같아서' '지나가는 개의 눈이 너무 선해서'라고 무엇에든 핑계를 대고 울었다. 그렇게 하루를, 또 하루를 건디면서.

나의 절망은 여전히 건재하고 희망은 아직도 먼 것 같지만, 이제는 아무래도 괜찮다. 도망갈 구석이라고는 눈을 씻고 봐도 없는 절망의 나락을 건디고 또 건디다 보면 그저 살아남았다는 사실 하나로도 가슴 벅찬 순간을 무수히 만나게 되는 날도 찾아온다는 것을 이제는 아는 까닭에.

어떤 형태로든 삶은 지속되고 시간은 흐르기 때문에 이 모든 것에도 끝이 있을 것이라는 믿음으로, 지독한 어제의 불행에서 오늘 또 하루 멀어졌다는 가만한 안도로, 아무렴 어때 싶은 마음으로, 그렇게 나는 또 오늘을 산다.

역사라 부를 만한 그 무엇도 나에게는 없지만, 나는 살아남았으므로.

1장 우주를 건너 나에게 온

믿거나 말거나

먼 바닷가 마을에서 보내온 오징어 한 상자.
저녁 내내 오징어를 손질하는데
난생처음 보는 오징어가 신기한 감자는
덩달아 신이 나선 오징어 상자에 얼굴을 들이밀며
냄새를 맡고 까불다가 양 볼이 먹물 범벅이 되었고
나는 그게 너무 좋아서 한참을 깔깔.

그런데 왜 못생긴 사람을 오징어 같다고 할까.
오징어가 얼마나 예쁜데.

1장 우주를 건너 나에게 온

감자를 만나기 며칠 전에 이런 꿈을 꿨다. 온갖 과일이 탐스럽게 주렁주렁 열린 나무가 마당을 빼곡히 채운 집의 2층 테라스에 서서 물기를 촉촉하게 머금은 열매를 내려다보는데 작고 빨간 뱀이 다가와 내 발목을 꽉 무는 정말 이상한 꿈이었다.

그로부터 며칠 후 감자를 만났다.

이후 잔고마저 0원이었던 내게 연달아 굵직한 작업이 들어오기 시작했다. 그 작업들이 아니었으면 나는 감자의 수술비를 마련할 수도, 감자와 함께 살 집을 구할 수도 없었을 것이다.

믿거나 말거나 그날의 꿈이 그저 그런 꿈은 아니었기 때문이라고, 감자와 나는 이렇게 예정된 운명이었다고, 나만은 믿는다.

이 영광을 너에게

내내 바빠서 미처 말하지 못했는데 오늘은 종일 행복했다.

모든 순간이 빼곡하고 완벽하게.

_2016년 9월 23일의 일기

나에게 무슨 일이 일어나고 있는 것일까.

시상식 무대에서의 하이라이트는 '이 영광을 너에게'라는 그 부분일지도 모르겠다.

감자를 만나기 전까지 세상에 존재하는 대부분의 말은 사전 속 단어 그 이상도 이하도 아닌 그대로의 의미일 뿐이었다. 그러나 감자를 만난 후 오랫동안 안다고 믿었던 세상의 모든 말이 감자를 중심으로 재정립되기 시작했다. 이를테면 사랑이라든가 이별이라든가 하는 흔하디흔한 말조차도.

거실로 휘휘 불어 드는 바람을 맞으며 감자의 작은 손을 잡고 누워서 보내는 어느 고요한 날의 오후나 어쩐지 잔뜩 신이 난 감자가 이리 뛰고 저리 뛰며 작은 목소리로 나를 부를 때 비로소 안온함이, 평화가, 사랑이 무엇인지 알 것 같았다.

한 사람을 사랑할 때 나는 내 맘 같지 않은 상대로 인해 자주 절망했다. 감자를 사랑하게 된 지금 나는 사랑해서, 너무 다 사랑해서 그저 미안하고 슬픈 순간만 늘어 간다.

행복이란 42.195킬로미터 마라톤의 결승 지점 같은 것이라고만 생각했다. 저기 무지개 너머 어딘가에서 반짝반짝 빛나고 있을 놀라운 어떤 순간일 것이라고. 그러나 감자를 만나고 알게 되었다. 행복은 그리 대단한 것이 아니었다. 어느 날의 하늘이, 바람이, 나무가. 햇살 좋은 오후,

거실에 드리운 나뭇가지의 작은 그림자가. 그렇게 아무 일도 일어나지 않는 하루하루가 행복이고 기쁨이었다.

언젠가 커다란 무대에 올라 고마운 누군가의 이름을 불러도 되는 날이 나에게도 찾아와 단 하루라도 아무 걱정 없이 사는 것이 유일한 소망이었던 내가 이렇게 너를 만나 행복을 말하고 느끼며 살아갈 수 있게 되었다고, 이 모든 것은 너의 덕분이라고, 이 영광은 모두 감자 너에게 돌리겠다고 말해 줄 수 있다면 얼마나 좋을까.

조용히 살고 싶어

사람이든 동물이든 식물이든, 혹은 다른 그 무엇이든
정말 좋아하고 마음을 쓰고 애정을 쏟을 수 있는 대상 하나만 있어도
어떻게든 살아지고 버텨지는 것 같다.

2016년쯤이었나. 〈디어 마이 프렌즈〉란 드라마가 방영되었다. 고현정과 나문희, 고두심 같은 쟁쟁한 중견 배우들이 출연해 큰 관심을 모았다. 분위기에 휩쓸려 나도 한동안 꼬박꼬박 빼놓지 않고 봤던 것도 같은데, 어느 순간 시들해졌고 나중엔 어떻게 끝이 났는지조차 모르게 되었다. 그런데도 또렷하게 기억나는 장면 하나는 나문희 씨의 매 맞는 큰딸 이야기였다.

어릴 때 입양해 번듯한 남자와 결혼시킨 딸이 맞고 산다는 것을 나중에서야 알게 된 엄마(나문희)가 감정에 북받쳐 울며 고함을 치며 딸에게 그 자식을 가만 놔두지 않겠다고, 소송이라도 걸자고 얘길 하자 딸은 그저 조용히 살고 싶다고 대답한다.

"엄마, 나는 그냥 조용히 살고 싶어. 보육원 시절부터 내 삶이 너무 시끄러워서 나는 그냥 정말 조용히 살고 싶어."

그때 알았다. 시끄럽고 소란하기만 한 날이 끝도 없이 반복되는, 불행이란 그런 것이라고.

상처 입고 불행한 사람일수록 혼자만의 공간이 필요하다. 절망하고 원망하고 분노하며 자신의 상처를 대면하고 애도해야 한다. 그 모든 과정을 거친 후에서야 비로소 견딜 수 없는 모든 것을 거기 두고 돌아설 수 있다. 그러나 나는 그럴 만한 형편이 되지 못했다.

부모님은 이혼을 지지하지 않았고 나에게는 목 놓아 울 나만의 방 하나가 없었다.

　한 번이라도 벼랑 끝에 서 본 적 있는 사람이라면 알고 있다. 그 순간 우리에게 필요한 것은 무엇도 아닌 누군가의 조용한 지지라는 것을. 하지만 사람들은 놀랍게도 벼랑 끝에 매달려 간신히 버티고 있는 사람에게조차 인간의 도리 같은 것에 대해 충고하곤 한다.

　남편에게 맞고 어쩌면 죽임을 당할지도 모른다는 공포로부터 도망쳐 나온 나를 향해 사람들은 끊임없이 엄마의 의무를 다하는 것과 결혼을 지키는 일의 고결함 같은 것에 대해 이야기하고 또 이야기했다. 나의 공포와 절망 같은 것에 관해 묻고 이야기하는 사람은 어디에도 없었다. 아무도 없는 것과 같았다. 넘어져 울고 있는데 누구도 그런 나를 발견하지 못한 채 무심히 지나쳐 가는, 의미 없는 소음으로만 가득한 외롭고 불행한 세계. 그것이 내가 속한 세계였다.

어크로스 더 유니버스

내가 뒤척이는 소리에 어디선가 도도도도
달려오는 감자의 작은 발소리.
"마아아아"
고양이도 이른 아침이면 목소리가 잠겨
조금 우습다.
눈도 조금 부었네.

따듯한 콧바람을 퐁퐁 뿜으며 이마를 부비고
발라당하고 누워 나를 바라본다.
감자의 부드럽고 따듯한 배.

단단한 슬픔이 조금씩 희석되는 순간.

종종 감자를 처음 만났던 날을 떠올린다. 도로 끝 가로등 아래 앉아 무심히 지나쳐 가는 사람들을 바라보던 작고 부스스한 고양이 한 마리.

감자는 기억할까.
갈 곳 없는 감자를 어쩌지 못해 빈 사무실에 두고 아침저녁으로 오가던, 부족한 것도 미안한 것도 많기만 했던 그 시절을. "다녀올게" "금방 올게" "조금만 있어" 몇 번이나 돌아보며 건넸던 인사와 함께했던 놀이, 처음으로 산 감자의 납작한 빨간 빗과 같이 누워 놀던 전기 매트를 말이다.

이제 감자는 빈 사무실을 떠나 나와 함께 사는 집과 좋은 이불과 신기한 장난감과 부드러운 빗도 가지게 되었지만, 여전히 "다녀올게"라는 인사에 자다가도 벌떡 일어나 집을 나서는 나를 한참이나 바라보고 그 어떤 근사한 이불보다도 다 낡아 버린 전기 매트를 더 좋아한다. 우리가 처음 만나 나누고 가졌던 말과 놀이와 물건에만 보이는 감자의 반응, 나는 그것이 감자의 기억이라고 믿는다.

그때나 지금이나 감자는 그저 우두커니 앉아 날 기다리면서 아무것도 요구하지 않는다. 아무리 배가 고파도 비어 있는 밥그릇 앞에 앉아 그저 가만히 기다리는, 감자는 그런 고양이다.

어디서 이런 애가 왔을까.

감자를 처음 만났던 날, 감자가 앉아 있던 그 길에 차를 세울 때 마침 라디오에서는 거짓말처럼 〈어크로스 더 유니버스Across The Universe〉가 흐르고 있었다. 정말 거짓말처럼.

그리하여 어느 날

감자의 부드러운 등
나의 양지바른 언덕

'그리하여 어느 날'로 시작되어 '행복하게 살았습니다'로 끝나는 이야기를 좋아한다. 오랜 시간이 흐르고 흘러 마침내 모두가 행복해지는 세상의 모든 이야기를.

감자를 만나기 전까지만 해도 개와 고양이는 나와 상관없는 존재였다. 그런데 이제는 지나가는 개들의 행복한 얼굴만 봐도 살아갈 힘이 나고, 통통하게 살이 오른 길고양이들의 뽀얀 발만 봐도 괜히 고맙고 뭉클해서 왈칵 눈물이 난다. 감자로 인해 나의 세계가 조금씩 확장되고 있다.

그리하여 어느 날, 모든 것은 여전히 망가진 폐허일지라도 너와 나는 함께 그 후로도 "오랫동안 행복하게 살았습니다"라고, 언젠가는 그런 이야기를 하게 되는 날이 내게도 오지 않을까.

그리하여 어느 날

1장 우주를 건너 나에게 온

2장

너와 나의 작은 세계

빨간 코의 고양이

보리는 꼭 "나는 동그란 배를 가진 고양이와 살고 있다"로 시작하는
동화 속 가장 귀엽고 웃긴 주인공 고양이 같다.

동그란 배를 가진 빨간 코의 겁 많은 고양이.
우리 보리.

　다섯 마리 중 가장 볼품없고, 특별할 것도 없던 새끼 고양이의 사진 아래 적혀 있던 한 줄의 글.

책임비 3만 원

　나는 댓글을 달았다. 저기 네 번째 사진 속 새끼 고양이를 입양하고 싶다고. 그렇게 보리를 만났다.

　수술 후 깁스만 풀면 모든 것이 다 괜찮아질 줄만 알았던 감자는 그

후에도 어쩐지 늘 우울해했다. 추운 겨울에도 따뜻한 이불 대신 차가운 맨바닥에서만 식빵 자세로 앉아 있거나 졸았다. 어쩌다 한껏 기분이 좋아 꼬리를 세운 채 달려오다가도 이불이나 러그만 밟으면 흠칫, 멈춰 서곤 했다.

같은 고양이라도 있으면 좀 낫지 않을까. 처음 동물과 함께 살게 된, 뭘 잘 모르는 사람들이 흔히 하는 그런 생각을 나도 했다. 큰 수술을 겪은 후라 당분간은 중성화 수술을 시키고 싶지 않았던 감자를 위해 다른 고양이를 입양하기로 한 것이다. 수컷의 유기묘, 나의 조건은 이 한 가지뿐이었다.

그리하여 어느 날

책임비라는 말은 길에서 구조한 고양이에게나 쓰는 것인 줄 알았던 나에게 보리는 최고의 조건이었다. 그 집으로 보리를 데리러 가기 전까지는 그랬다. 거실 한가운데 놓인 연탄난로 탓인지 집 안은 온통 연탄가스 냄새로 가득했고, 현관 구석에는 신문지를 대충 찢어 만든 화장실이 있었다. 지저분한 물그릇과 밥그릇 두어 개로 모두가 밥과 물을 나눠 먹는, 보리를 데리러 간 집은 그런 곳이었다.

다 자란 고양이만도 어림잡아 열 마리가 넘는 그 집에는 그렇게 태어난 새끼들이 방마다 가득했다. 나는 책임비 3만 원을 주고 그곳에서 보리를 데려왔다.

올해로 6년째, 보리를 만난 후 단 하루도 그날을 잊은 적이 없다. 그런 주제에 사지 말고 입양하라는 얘길 어떻게 하느냐고 누군가가 나를 질책한다면 그저 "면목 없습니다"라는 대답 외엔 아무 말도 할 수 없을 것이다.

나는 안다. 어떤 미사여구를 갖다 붙여도 나는 그저 3만 원에 보리를 사 왔을 뿐이라는 사실을. 보리와 감자에게, 살아가는 동안 만날 이름 모를 모든 동물에게, 할 수 있는 최선을 다하는 것으로 두고두고 이 빚을 갚으며 살아가는 것 외엔 달리 방법이 없다는 것을.

잘 살아야지. 보리의 책임비, 그 3만 원의 백배 천배 만배를 다 갚고도 남을 만큼.

시시한 이유

"보리싹처럼 건강하게 무럭무럭 자라렴."
보리를 알게 되는 사람이라면 누구나 언제든 어디서든
초록으로 일렁이는 무성한 보리싹을 봤을 때
이 사랑스러운 고양이를 떠올렸으면 하는 마음으로
새끼 고양이의 이름은 보리가 되었다.

캣그라스를 좋아하는 감자를 위해 심어 둔 보리싹이
가장 예쁘고 무성할 때였다.

2장 너와 나의 작은 세계

　가끔 "감자의 이름은 왜 감자인가요?" 하고 묻는 사람들이 있다. 그럼 나는 "보세요. 너무나 감자 같지 않나요?" 하며 사진을 내밀곤 한다. 누가 봐도 너무나 감자 같은 감자의 사진을. 그러면 사람들은 언제나 "그러게요. 감자가 아니었으면 어쩔 뻔했어요" 하고 웃는다.

　하지만 사실 감자의 이름은 우리가 처음 만난 날, 내 차 조수석에 놓여 있던 감자튀김에서 따온 것이다. 그날 밤 막상 병원에는 데려갔으나

차트에 적을 이름이 없어 고민하던 내가 "일단 감자라고 해 주세요"라고 말한 이후, '그러고 보니 정말 감자 같이 생겼네' 하며 그냥 그렇게 감자가 되어 버린. 정말 말도 안 되게 시시하기 짝이 없는 이유였는데, 어느 순간 감자는 내가 이 생에서 만난 가장 소중한 친구이자 내가 받은 가장 귀한 선물이 되었다.

어쩌다가 나는 너를 만나서 이렇게나 날마다 새롭고 애틋하고 눈부신 것으로 가득하게 되어 버렸는지. 사랑해, 감자야.

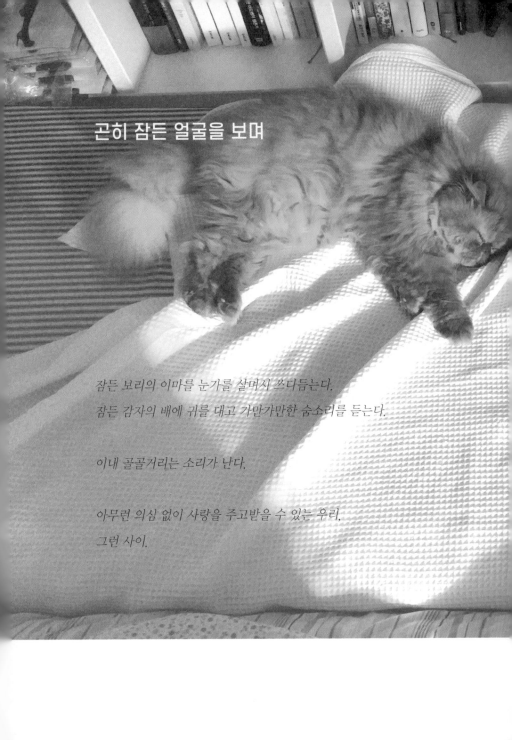

곤히 잠든 얼굴을 보며

잠든 보리의 이마를 눈가를 살며시 쓰다듬는다.
잠든 감자의 배에 귀를 대고 가만가만한 숨소리를 듣는다.

이내 골골거리는 소리가 난다.

아무런 의심 없이 사랑을 주고받을 수 있는 우리.
그런 사이.

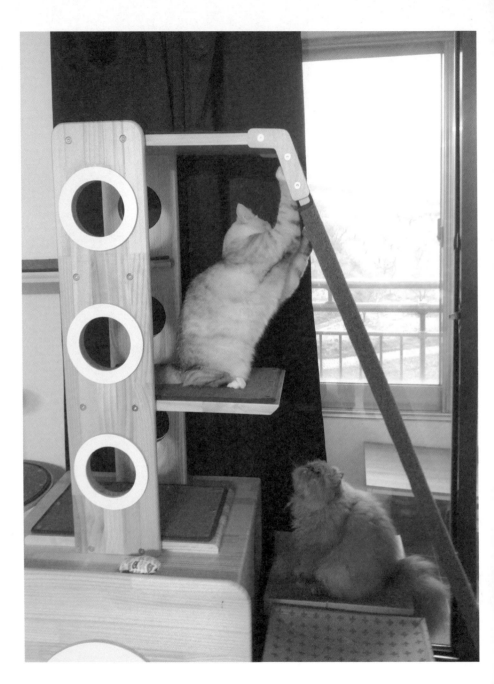

감자를 만난 지 1년쯤 되었을까. 건너 건너서 어찌어찌 감자의 사진을 봤는데 아무래도 잃어버린 자신의 고양이 같다며 누군가 내게 SNS로 메시지를 보내왔다. 그 사람과 통화를 했다. 감자의 목걸이에 적혀 있던 이름은 무엇이고 번호는 무엇인지 물었다. 그렇게 1년이 지난 후에서야 감자의 진짜 보호자가 나타났다.

수화기 너머의 여자는 한참을 울기만 했다. 자기가 버린 것이 아니라고 했다. 병원에 입원하는 동안 친구에게 맡겼는데 그때 잃어버렸다는 이야기였다. 내가 친구에게 남긴 연락처로 왜 연락을 하지 않았느냐는 물음에는 어떤 말도 듣지 못했다고 했다. 그리곤 감자를 다시 돌려받고 싶다며 계속 울었다.

얼마 동안의 침묵이 흐른 뒤 처음 감자를 만났을 때부터 지금까지 우리가 겪었던 일을 이야기했다. 수술과 오랜 회복 과정, 그리고 원인을 알 수 없는 지방 덩어리에 대해. 최대한 차분하게 구체적으로 이야기하려고 노력했다.

한참을 가만히 듣고만 있던 여자는 자기 생각이 짧았음을 사과했다. 감자가 보고 싶을 땐 언제라도 괜찮으니 찾아와도 된다는 말을 끝으로 전화를 끊었다.

어쩌면 모든 것이 나의 욕심은 아니었을까. 감자가 정말 원한 것은 원래 살던 집으로 돌아가는 일이 아니었을까. 이후로도 오랫동안 무수히 많은 질문이 나를 괴롭혔다.

그러나 감자가 왜 그날 거기에서 산책로를 지나는 많은 사람들을 바라보며 환한 가로등 아래 미동도 없이 앉아 있었는지, 진실이 무엇인지 아마 나는 앞으로도 영원히 알 수 없을 것이다.

곤히 잠든 감자의 얼굴을 보며 생각한다. 그날 내가 그 길로 가지 않았더라면. 그날 우리가 만나지 못했더라면. 아무것도 모른 채로 너를 그냥 보호소로 보냈더라면. 너의 목에 걸린 전화번호가 진짜 네 보호자의 것이었다면. 그날 누구라도 "지금 데리러 갈게"라고 말했더라면, 그랬더라면 나의 삶은 결코 지금과 같을 수 없을 것이라고.

이렇게 많고 많은 우연이 겹쳐 우리는 만났고, 세상에 둘도 없는 사이이자 함께 사는 가족이 되었다. 길에서 만난 고양이 한 마리가 나의 삶을 송두리째 뒤바꾸어 놓았다.

수다쟁이 고양이

비가 오기 전이나 비가 내린 후
어쩐지 습도가 좀 높다 싶은 날이면
어김없이 들려오는 소리.

감자와 보리의 발바닥이 바닥에 닿는 소리.

가만히 누워 이리저리 바쁘게 거실을 오가는
감자의, 보리의, 발소리를 듣는다.
세상에서 가장 귀여운 소리.

보리가 처음 집에 왔을 땐 지금과 아주 달랐다. 말을 할 줄 모르는 고양이, 그게 보리였다.

보리는 눈을 맞추고 말을 건네고 애정을 표현하는 방법을 전혀 몰랐다. 저 나름대로는 소릴 내 보려고 애쓰는 것 같긴 했는데 무슨 이유에서인지 입만 벙긋거릴 뿐 목소리가 나오지 않았다.
어린 고양이가 처음이었던 나는 새끼들이란 원래 모두 그런 것이라고만 생각했다. "병원에 가 검사를 받아 보는 것이 어떨까요?"라는 얘길 듣기 전까지는.

병원에서 이런저런 검사를 했다. 다행히 성대에 문제가 있거나 장애가 있지는 않은 것 같다는 소견을 받았다. 하지만 어떤 것도 확실하지 않았다. 기다리는 일 외엔 할 수 있는 게 없었다.

그렇게 입만 벙긋거리던 보리가 나에게 말을 건네고 이마를 부비며 눈을 깜박이는 감자와 그런 감자를 보며 뭐라 뭐라 대답하는 날 번갈아 바라보고 또 바라보다 "앙" 하고 처음으로 나를 부르던 그날. 어찌나 작고 어설프던지 이게 지금 정말 얘가 낸 소리가 맞긴 한 건가 도무지 알 수 없게 어설픈 소릴 내며 처음으로 나와 눈을 맞췄던 날. 나는 지금도 자주 그날을 생각한다.

지금의 보리는 무슨 할 말이 그렇게도 많은지 종일 내 발뒤꿈치만 졸졸 따라다니며 종알종알 말을 걸고 수다를 떠는, 정말이지 한시도 조용할 새 없는 고양이가 되었지만 나는 입만 벙긋거릴 뿐 아무런 소리도 내지 못하던 시절의 보리 얼굴을 여전히 기억하고 있다. 나에게 말을 걸고 사랑을 표현하는 감자를 그저 어리둥절한 얼굴로 바라만 보던 보리의 눈을.

이 모든 날이 내게는 그저 기적 같고 선물 같다.

누군가에게는 당연히 주어지는, 아무 일도 일어날 리 없는 대수롭지 않고 사소하기만 한 일상이, 때로 얼마나 귀하고 소중한 것인지 나는 안다.

부디 오래이기를.

당연한 듯 당연하지 않은 우리의 이런 날들이 언제까지고 계속되기를.

그리하여 어느 날

2장 너와 나의 작은 세계

개미 궁둥이

나는 조금 이상한 취미가 하나 있다.

보리의 엉덩이에 코를 대고 킁킁 냄새를 맡는 것이다.

그럴 때면 마치 '아, 집이군' 같은 기분이 든다.

너무너무 피곤한 채로 집에 돌아오자마자 킁킁

보리 엉덩이 냄새를 맡으면 그제야 비로소

"아, 집이다. 우리 집."

감자만 있을 땐 다른 고양이나 개가 눈에 들어오지 않았다. 감자가 최고고 감자만 예뻤다. 이유는 잘 모르겠지만 이상하게도 그랬다. 하지만 보리가 온 이후론 세상 모든 동물이 귀엽고 짠하고 예쁘고 하다 하다 이젠 지나가는 개미 한 마리만 봐도 '넌 집이 어디야?' '밥은 먹었어?' 이런 마음이 된다.

어찌 된 영문인지 세상의 모든 고양이가, 개가, 나비가, 다 우리 보리 같고 감자 같다. 개미 궁둥이만 봐도 보동보동한 보리의 궁둥이가 떠올라, 이젠 개미가 많은 숲길을 걸을 때면 혹여 개미 한 마리라도 밟을까 깡충깡충 뛰곤 한다.

그리하여 어느 날

2장 너와 나의 작은 세계

아무렴 어때

촉촉하고 빨간 코
작은 콧바람 두 개가 핑핑
내 눈꺼풀 위로.

다 자라 만난 감자와 달리 아주 어린 고양이일 때 만난 보리는 매일 새로운 행동을 하나씩 터득하고 배워 매번 날 깜짝 놀라게 하곤 했는데, 어느 날엔 자는 나를 깨우는 것을 새롭게 터득해 하루가 멀다고 잠든 날 깨우곤 했다.

며칠 지켜보니 보리가 날 깨우는 이유는 주로 창밖에서 이상한 소리가 들려 무섭거나 뭔가 원하는 것이 있을 때였다.

어느 새벽엔 보리가 자고 있는 내 머리맡에 앉아 베란다 쪽을 바라보며 자꾸만 "애옹애옹" "우왕" 하며 깨우기에 밖에서 뭔가 무서운 소리라도 들리는 건가 싶어 일어나 보리를 따라가 보니 떠오르는 태양이 하늘을 온통 붉게 물들이고 있었다.

물론 해가 뜨고 있다고, 하늘이 끝내준다고, 혼자 보기 아깝다고 보리가 날 깨웠을 리야 없겠지만 보리 덕에 그렇게 끝내주는 하늘을 봤으니 아무렴 어때.

나를 깨워 한참을 함께 해가 떠오르는 하늘을 바라보던 보리는 어느새 유유히 자기 자리로 돌아가 잠이 들었다.

행복이 이렇게나 사소하다.

내가 뭘 몰라서

쓰읍!
팔이 긴 고양이와 팔이 짧은 고양이의 싸움은 언제나
팔이 긴 고양이의 승리로 끝이 난다.
내가 보리에게 유일하게 "쓰읍!"을 하는 순간.

감자와 보리가 이불을 덮어 둔 탁자 아래 나란히 누워 잠들었다. 물론 이 순간이 가지는 의미는 나만 아는 놀라움이고 뭉클함이겠지만.

감자는 나를 만난 후로도 꽤 긴 시간을 이런저런 치료와 회복으로 보내야 했다. 발가락 골절에 지방종 치료, 그로 인한 우울증과 트라우마까지.

동물도 우울증과 트라우마에 시달릴 수 있다는 것을 그때 처음 알았다. 뭘 몰라도 한참 몰랐던 나는 사람보다는 같은 고양이가 하나 더 있으면 좋지 않을까 생각했고, 그런 시기에 보리를 데려왔다.

지금에야 늘 저만치서 가만히 앉아 날 바라보거나 좋아하는 곳에 누워 자는 것으로 대부분 시간을 보내는 감자지만, 이런 감자에게도 지금의 보리처럼 어리광 많고 표현 많은 시절이 있었다. 부르면 언제든 대답을 하고 쪼르르 달려와 이마를 부비며 애정을 표현하던 그런 때가 말이다.

감자는 보리가 오고 나서 달라졌다. 보리에게 내 옆자릴 뺏겼고, 한 마디를 하면 열 마디 스무 마디를 하는 보리 옆에서 조금씩 말수가 적어졌다. 감자보다 한참이나 작았던 보리가 점점 자라면서부터 둘의 사이는 더 멀어졌다. 보리는 자기보다 작아진 감자를 만만하게 보기 시작했다. 보리는 워낙 겁이 많고, 감자는 아무리 싫어도 그저 피하는 것이 전부인 유순한 성격이라 큰 싸움이 없었을 뿐이다.

　내가 몰라도 너무 몰라서 그저 함께 지낼 고양이 형제만 생기면 좋을 것 같아 외동이었으면 더 행복했을 감자에게 동생을 만들어 줬고, 좀 더 다정하고 살가운 형이나 누나가 있었으면 좋았을 보리에게 늘 저를 피하고 가구 취급이나 하는 형을 만들어 준 것이다.

　그래서 무슨 이유에서였는지는 알 수 없지만 둘이 나란히 누워 자는 모습은 그 무엇보다 귀하고 찡하다.
　앞으로 우리에게 얼마만큼의 시간이 더 남아 있든, 남아 있는 시간 동안 조금 더 살갑고 다정하게 지낼 수 있다면 좋겠다. 그렇게 감자도 보리도 조금 더 행복했으면 좋겠다.

그리하여 어느 날

2장 너와 나의 작은 세계

밥 짓는 냄새

긴 하루를 마치고 집으로 돌아가는 길.
심란한 마음에 무엇이든 이유를 붙여 울고 싶은 그런 날.

현관문을 열고 집으로 들어서는 순간,
유리문 너머로 비치는 동그란 실루엣 두 개.
이내 마음속에 환한 달이 둥실 떠오른다.

사랑하는 내 고양이들이 나를 반겨 주는 우리 집.

슈퍼문이라는 둥근 달을 보며 소원을 빌었다.
행복은 점점 사소해지고 슬픔은 점점 대수롭지 않다.

2장 너와 나의 작은 세계

내가 생각하는 행복이란 밥 짓는 냄새가 나는 늦은 오후의 풍경 같은 것이다.

언제였나, 환기라도 시킬 겸 창이란 창은 다 열어 놓고 저녁 준비를 하는데 무슨 일인지 우당탕 소란스러운 소리가 들려 돌아보니 감자와 보리가 옆으로 뛰고 구르고 점프까지 하며 난리가 났다. 그렇게 신이 난 둘의 모습을 보고 있자니 어쩐지 눈물이 났다. 그러니까 슬프고 서러운 마음 때문이 아니라, 아무 일도 일어날 리 없는 그 작고 안전한 세계가 내게는 너무나도 대단하기만 해서.

슬프고 불행한 사람은 새 밥을 짓지 않는다. 애써 차린 상을 누군가 발길질로 뒤엎거나 밥 한 수저 입에 넣기가 무섭게 고성과 비난이 오가는, 그런 불행을 겪어 본 사람은 안다. 아무 일도 일어나지 않는 고요한 오후의 밥 짓는 냄새가 얼마나 대단한 행복인지.

오늘도 나는 나를 위한 새 밥을 짓는다. 더할 나위 없는 오늘의 무사와 안녕에 감사하면서.

괜찮아, 꿈이야

어디든 꼭 잡고 걸쳐 놔야 잠을 자는 애.
세상모르고 곤히 자다가도 내가 조금만 움직이면
어느새 폴짝 일어나 채 떠지지도 않는 눈으로
내 발뒤꿈치만 졸졸 따라다니는
우리 애.

보리는 종종 무슨 꿈을 꾸는지 자다 말고 일어나 하악질을 하고 '휘휴' 하며 큰 숨을 내쉰다. 가끔은 벌떡 일어나 깜짝 놀란 얼굴로 두리번거리기도 한다.

그럴 때면 얼른 달려가 "괜찮아, 보리야. 꿈이야. 괜찮아" 하며 어깨쯤을 토닥여 준다. 그럼 보리는 이내 다시 쌕쌕 잠이 든다.

언제 어디서든 늘 감자와 보리가 깜짝 놀라 잠에서 깬 밤이면 "꿈이야, 괜찮아" 하고 말해 주고 싶다. 누구라도 알아줬으면 싶게 서럽고, 영영 혼자 남겨진 것만 같아 두려운 날에도 "모두 괜찮아, 꿈이야"라고.

2장 너와 나의 작은 세계

그렁그렁

이렇게까지 너를 사랑하게 될 줄은 정말 몰랐는데.

울적한 어느 밤, 조용히 곁에 다가와 앉아 있던 감자가 눈물 그렁그렁한 눈으로 날 올려다본다. 감자는 나에게 이런 존재다.

낮게 한숨을 내쉬거나 어쩌다 소리 죽여 울기라도 하는 날이면 언제나 조용히 다가와 곁을 지킨다. 그러다 가끔 날 올려다보거나 쓰다듬어보기도 하면서. 물론 그것이 정말 날 위로하기 위한 것인지는 알 수 없지만.

그럼에도 문득 잠에서 깬 새벽 가만히 날 올려다보는 감자의 눈은, 내게 기대 잠든 어느 날 가끔 눈을 떠 내 얼굴에 발을 얹고 쓰다듬듯 볼을 쓸어내리는 감자는, 어쩌면 이미 알고 있을지도 모른다. 지금 이 순간, 곁에 함께 있다는 것이 그 무엇보다 큰 힘이 된다는 것을.

사랑하는 나의 감자를 떠올리면 마음에 찰랑찰랑 물이 고인다.

2장 너와 나의 작은 세계

날아라, 고양이

감자랑 베란다에 앉아 뒷산에 만개한 복사꽃을 구경했다.
나는 가끔 감자의 기다란 속눈썹이 움직이는 것을 바라보았고
감자는 가끔 그런 나를 올려다보았다.

감자는 알까.
내가 저를 얼마나 사랑하는지.

2장 너와 나의 작은 세계

134
그리하여 어느 날

감자가 골절 트라우마를 극복하기까지는 꼬박 4년이 걸렸다. 말 못하는 고양이도 인간과 똑같이 고통과 공포, 두려움을 느낄 수 있고 그것을 극복하기까지는 아주 오랜 시간이 필요하다는 것을 나는 4년에 걸쳐 매일 깨닫고 배웠다.

감자는 도무지 고양이라고는 믿어지지 않을 만큼 둔한 몸치였다. 점프 한 번 하는 데도 앞발을 들었다 내렸다 몇 번을 주춤대고 망설이다가 겨우겨우 네 발로 한꺼번에 뛰는 식이었다. 그 모습이 얼마나 어설프고 애잔했는지 모른다.

그랬던 감자가 정말 고양이처럼 가볍고 사뿐하게 다시 점프에 성공했던 날, 그 의기양양한 얼굴과 눈을 아마 나는 잊지 못할 것이다.

아무리 오랜 시간이 지나도 나는 언제나 너와 함께라는 것을, 책상 아래엔 언제나 내가 있다는 것을, 조금만 기우뚱해도 언제든 달려가 두 팔 벌려 너를 안아 줄 내가 있다는 것을, 감자도 알게 되는 날이 온다면 좋겠다.

내 사랑하는 애

가끔 "보리는 무슨 종이에요?" 하고 묻는 사람들이 있다.
그럴 때면 나는 늘 같은 대답을 한다.

"보리는 믹스예요. 세상의 모든 귀여움만 골라 가진 고양이죠!"

내가 생각해도 정말 마음에 드는 대답이다.

구글 포토가 보리가 가장 통통하던 시절의 사진과 어린 보리의 사진을 보여 줬다. 보리가 처음 우리 집에 왔을 땐 감자의 저 동그란 얼굴보다도 작고 작았는데, 어느새 보리가 감자보다 훨씬 더 커다래졌다.

감자와 다르게 보리를 보면 그저 귀엽고 예쁜 마음이 전부다.
그래서 좋다.
슬프고 미안한 기억이 없어서.
아주 조그말 때 데려와 그저 애지중지한 기억밖에 없는, 마냥 밝고 행복한, 내 사랑하는 애.

나도 좋아!

"어떻게 지내세요?"
누군가 나의 근황을 물을 때면
감자와 보리의 사진을 슬쩍 내민다.
"이것으로 저의 근황을 대신합니다" 하며.

동물은 표정과 억양을 통해 함께 사는 사람의 기분과 분위기를 파악한다고 한다. 그렇게 사람의 기분에 따라 같이 걱정하고 겁을 먹고 기뻐하고 슬퍼한다고. 아무리 놀라고 속상한 일이 있어도 큰 소리를 내지 말아야 할 이유이다.

한 해의 마지막 날이면 매년 어김없이 감자·보리와 함께 카운트다운을 하는데, 보리는 잔뜩 신이 나 이리저리 뛰어다니고 감자는 가만히 날 올려다보며 이마를 부빈다. 영문은 몰라도 내가 웃고 즐거워하는 모습을 보며 '뭔가 좋은 일이 있나 봐, 그럼 나도 좋아' 같은 마음이 아닐까.

비로소 가족

언젠가 친구는 "고양이와 함께 사는 기분은 어때?" 하고 물었고
나는 "매일 새롭게 사랑에 빠지는 기분"이라고 대답했다.

어딜 갔는지 아무래도 감자가 보이지 않아, 있을 만한 온갖 구석을 한참 찾아다녔는데 정작 감자는 푹신한 이불 위에서 쿠션까지 벤 채로 곤히 잠들어 있는 것을 발견했던 날이 있었다. 이불 끄트머리도 밟지 않으려 빙 돌아가고 내 옆에 눕고 싶어도 한참을 머뭇거리다 결국은 맨바닥에 웅크리고 앉아 졸곤 하던 감자가 조금씩 변하고 있다.

보리야 군이 그러라지 않아도 알아서 베개 찾아 베고 젤 푹신한 곳 찾아다니고 새 이불만 깔면 먼저 가 눕는 고양이지만, 감자는 처음부터 그런 고양이가 아니었다.

감자를 입양할 당시 보통 이렇게 버려진 아이들은 새로운 보호자를 만나도 다시 마음을 열기까지 1년에서 2년, 혹은 그 이상이 걸리기도 한다고 했다. 조급하게 생각하지 말고 기다려 주고 아껴 주라던, 첫 진료를 받았던 병원 원장님의 말씀을 나는 잊고 있었다.

그런데 감자가 소파 위에 누워 쿠션까지 베고 잠든 모습을 보니 '감자도 이런 걸 좋아하는구나' 싶어 조금 눈물이 났다.

올해로 7년, 이렇게 우리는 가족이 되어 가고 있다.

2장 너와 나의 작은 세계

3장

이런 사랑

봉봉이의 봄

뒷산 산책로 사이로 하얗게 꽃망울을 터뜨리기 시작한 목련 아래
삼색이 한 마리가 느긋하게 앉아 기지개를 켜며
3월의 햇살을 만끽하고 있다.

길 위에 사는 동물이 추위를 피할 곳을 찾아
숨어들지 않아도 되는 계절.

드디어 봄이 왔다!

3장 이런 사랑

　5년 전, 전주 한옥마을에서 강아지 봉봉이를 만났다.

　웅성거리는 사람들 틈으로 작은 강아지 한 마리가 보였다. 누군가 얘기하길 오후 내내 경기전 근처를 배회하고 있었다고 했다. 근처 편의점에서 강아지용 캔을 하나 사서 먹인 후 병원으로 데려가 기초 검진을 받았다. 안구에 상처가 좀 있는 것 말고는 건강에 별다른 문제는 없어 보인다고 했다.

　그렇게 봉봉이를 집으로 데려왔다. 혹시라도 보호자 잃은 강아지를 찾는 글이 올라오진 않았는지 찾고 또 찾았다.

　며칠이나 지났을까. 혹시나 하는 마음에 봉봉이를 처음 만난 곳 근처를 뒤지기 시작했다. 마침 봉봉이를 알아보는 할아버지 한 분을 만났다.

　"저 아래 나무 대문 집 개구만."

　할아버지는 골목 안으로 보이는 집 하나를 가리키며 말씀하셨다. 자그마한 한옥 펜션이었다.

저만치서 정원의 나무를 손질하는 아저씨가 보였다. 반가운 마음에 한껏 목소리를 높여 "안녕하세요. 혹시 이 강아지, 이 댁 강아지인가요?"하고 물어보는데, 불같이 화를 내며 달려온 아저씨가 작은 봉봉이의 얼굴을 잡더니 냅다 바닥에 던졌다.

"저놈의 개새끼! 복날에 잡아먹어 버리든지 해야지! 시도 때도 없이 집을 나가고, 저놈의 개새끼."

도저히 입에 담기도 힘든 말을 아무렇지도 않게 떠들어 댔다. 그런 상황이 익숙했던지 작고 어린 봉봉이는 깨갱 소리 한 번 내지 않고 잽싸게 일어나 마루 아래로 숨어 버렸다.

나는 최대한 태연한 얼굴로 병원에 갔더니 눈에 상처가 좀 있고 구충제를 먹어야 한다고 했다는 말을 전했다. 그러니 치료할 동안이라도 내가 데리고 있겠다고 사정했다. 모든 상황을 지켜보던 손님 두 분까지 나서서 거들었다. 치료가 끝날 때까지 만이라는 단서를 달며 데려가라는 아저씨 뒤로 부인되시는 분이 '오지 말아요'라며 눈짓을 했다.

나중에 근처 편의점 사장님께 전해 들은 이야기로는 원래 그런 사람이라고, 툭하면 그 어린 개를 사정없이 때렸다고 했다. 그러니까 절대 돌려보내지 말라고, 돌려보내면 안 된다고 했다.

인간에게든 동물에게든 영영 돌아가지 않는 편이 나은 집도 있다는 것을 알면서도, 너무 잘 알면서도 왜 매번 그 사실을 인정하기가 이리도 어려울까.

나는 봉봉이를 돌려보내지 않았다. 당연한 일이었다. 대신 더 나은 사람을 가족으로 맞이할 수 있도록 열심히 수소문하고 여기저기에 글을 올렸다. 그렇게 작디작은 개 봉봉이는 새로운 가족을 만나 '오래오래 행복하게 살고 있습니다'라는 해피 엔딩을 맞았다.

봉봉이의 보호자님이 보내 주신 사진

만수무강

별다른 이변이 없는 한
감자와 보리는 나보다 먼저 세상을 떠날 것이다.

함께 잠을 자고 함께 눈을 뜨고
하루 24시간 중 대부분의 시간을 함께 보내는 우리는
누구보다 살갑고 누구보다 가까운 사이지만,
우리의 시간은 서로 다른 속도로 흐른다.

'나의 하루가 너에게는 일주일처럼.'

직접 겪기 전에는 절대 알 수 없는 것이 있다.
분명 머리로는 이미 다 알고 있다고 믿었던 것을
어느 순간 아, 하고 마음으로 이해하게 되는 것.

동물과 함께 산다는 건 어쩌면 그렇게
아, 하고 자꾸만 깨닫고 알게 되는
그런 순간의 반복일지도.

90세 할아버지가 뇌경색으로 쓰러져 키우던 개를 두고 병원에 입원하게 되었다고 한다. 집에 남겨진 개는 몇 날 며칠을 현관 앞에 앉아 식음도 전폐하고 할아버지가 돌아오기만을 기다렸고, 이를 안타깝게 여긴 이웃들의 도움으로 개는 할아버지를 만나러 갔다. 인지 장애로 매일 만나는 사람조차 기억하지 못하던 할아버지가 자신의 개만은 분명히 기억하고 알아봤다는 이야기는 〈동물농장〉에 방영된 사연 중 하나였다. 개는 할아버지를 만난 후에서야 다시 사료를 먹기 시작했다고 한다.

얼마 전엔 먼저 세상을 떠난 보호자의 모습이 담긴 휴대폰을 한참이나 물끄러미 바라보던 고양이가 목소리가 들리는 화면에 얼굴을 부비다 거기 기대어 한참을 그대로 있는 영상을 보았다.

감자·보리와 함께 살면서부터는 자꾸 이런 이야기만 들리고 보인다.

고양이의 시간은 인간의 시간보다 몇 배는 더 빠르게 흐른다. 인간의 1년은 고양이의 6~7년과 같다고 한다. 대부분 동물의 수명이 인간의 수명보다 훨씬 짧으니 어찌 보면 무척 당연한 사실이지만, 동물과 함께 살아가는 사람들에게는 차라리 영영 몰랐으면 좋을 그런 사실 중 하나이기도 하다.

그런데 어느 순간 알게 됐다. 동물의 수명이 인간의 수명보다 짧은 것은 그저 서글프고 아까운 일만은 아니라는 것을. 영문도 모른 채 남겨질 동물보다야 인간이 뒤에 남겨지는 편이 낫다. 최소한 인간에게는 떠나고 남겨진 것에 대한 이유라도 설명할 수 있을 테니.

이제 나는 단지 동물을 가족으로 뒀다는 이유 하나만으로 누군가의 만수무강을 비는 사람이 되었다. 동물 친구를 가족으로 둔 세상의 모든 이들이 건강하기를, 안녕하기를.

오래 살아야지 나도. 감자랑 보리보다, 오래.

깊고 튼튼하게 뿌리 내린 나무처럼

고양이들이 내 몸 어딘가에
작고 따뜻한 몸을 기대 누워 있으면
마치 세상을 다 얻은 것만 같고
그렇게 좋을 수가 없다.

그게 뭐라고.

몇 해 전 재활용 쓰레기장에서 아기 고양이 한 마리를 만났다. 아침과 낮의 기온이 다른 10월의 끝 무렵이었다.

"아무래도 엄마가 없는 것 같아요. 누가 버린 건가 싶기도 하고. 혹시나 우리 때문에 엄마가 나타나지 않을까 봐 아까부터 저기 숨어서 지켜봤거든요. 애가 저렇게 우는데 엄마가 안 와요."

한참을 살펴봤다는 사람들이 얘기했다. 작고 어린 고양이를 도저히 거기 두고 돌아올 수가 없었다. 결국 작은 아기 고등어는 우리 집으로 왔다.

다음 날, 감자와 보리가 다니는 병원에서 간단한 기초 검진을 받았다.

"발톱이 잘려져 있네."

누군가 발톱을 깨끗하게 정리해 준 걸 보면 아마도 사람이 데리고 있던 고양이가 아닐까 싶다고 했다.

귀엽고 행복한, 하지만 조금은 산만한 아기 고양이와의 동거가 시작되었다. 그와 동시에 나는 아기 고양이의 새로운 가족을 찾았다.

아기 고양이는 보라색 찰옥수수 알갱이 같은 젤리를 발바닥에 달고서 제 키보다 몇 배는 더 높은 소파와 침대를 암벽등반이라도 하듯 신나게 올라 다녔고, 낮이고 밤이고 툭하면 이불 속으로 파고들어 내 코를 물고 손가락을 물었다. 한시도 가만있지 않고 윙윙거리며 여기저기 날아다니는 작고 귀여운 엉덩이를 가진 꿀벌처럼. 아기 고등어는 꼭 꿀벌 같았다.

　문제는 먹지도 자지도 않은 채로 숨어만 지내는 보리였다. 낯선 사람
이 와도, 환경이 바뀌어도, 금세 적응하는 감자와 달리 보리는 낯선 물
건 하나만 집에 들여도 며칠을 숨어 지켜보는 겁 많고 심약한 고양이다.
나는 조금씩 마음이 초조해졌다.

　그러던 어느 날, 드디어 입양 신청자가 나타났다. 혼자 사는 미혼 남
성이었다. 미혼의 신청자는 결혼 후 배우자가 싫어해서, 아기가 생겨

서, 양가 부모님의 반대와 같은 기타 등등의 이유로 파양을 하는 비율이 높다. 이러한 이유로 그리 환영받지 못하는 조건 중의 하나다.

며칠에 걸쳐 몇 번의 통화를 했다. 작정하고 속이려 드는 사람이 아닌 다음에야 대부분의 경우 어떤 단어를 사용하고 어떤 어투로 말을 하는지에 따라 상대가 어떤 사람인지 어느 정도는 판가름이 난다.

자신이 어떤 사람인지, 하는 일과 사는 곳, 평소 유기 동물에 대해 가졌던 생각 같은 것에 관해 오래도록 이야기를 나눴다. 목소리는 차분했고 대답은 간결했다. 오래 고민하고 생각해 왔음을 알 수 있었다. 이 사람이구나, 싶었다. 그렇게 아기 고양이에게 새로운 가족이 생겼다. 더는 떠돌지 않는, 나무처럼 깊고 튼튼히 뿌리 내리기를 바라는 마음으로 '나무'라고 부르고 싶다고 했다.

옥수수 알갱이처럼 작고 귀여운 젤리를 달고 온 집 안을 암벽등반 하듯 뛰어놀던 아기 고등어는 이제 보리만큼 커다란 고양이가 나무가 되었다. 지금도 종종 SNS로 나무의 소식을 보고 듣는다. 두툼한 뱃살을 동그랗게 내밀고 쿨쿨 자는 조용하고 행복한 고양이, 나무.

나무야, 안녕.

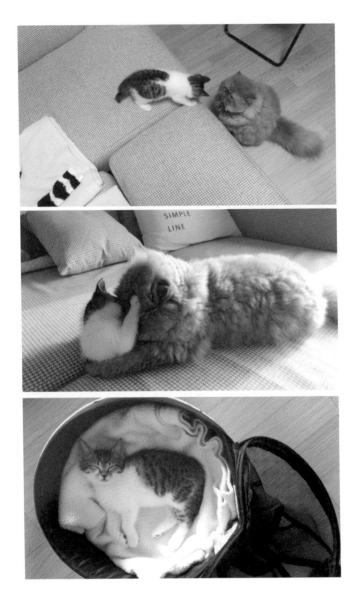

그리하여 어느 날

나무의 보호자님이 보내 주신 사진

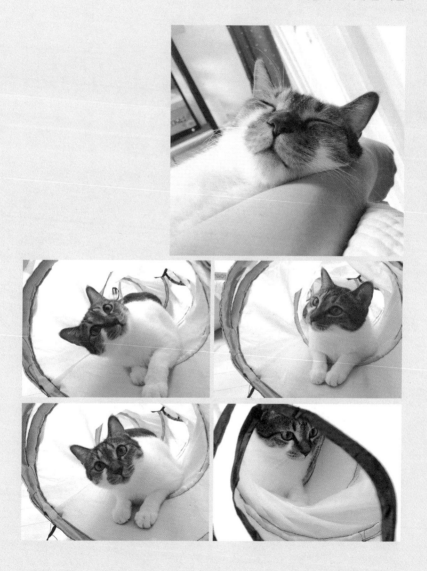

이름 없는 고양이

그러나 모든 이야기의 끝이 언제나 해피 엔딩은 아니어서.

2016년 늦가을 무렵이었다. 저녁을 먹고 집으로 돌아가는 도로 한가운데 작은 고양이 한 마리가 누워 있었다. 마치 거기서 곤히 잠이라도 든 것처럼.

갓길에 차를 세운 후 곁에 가 한참을 서 있었다. 다행히 늦은 밤이었고 지나는 차도 거의 없었다.

감자·보리가 다니는 병원 원장님께 전화를 걸었다.

"혹시나 숨이 붙어 있는지 확인하고 싶은데 어떻게 하면 될까요?"

원장님이 알려 주신 방법대로 조심히 고양이의 상태를 살핀 후 로드킬 당한 동물을 처리한다는 구청 담당자에게 전화를 걸어 위치를 설명했다.

"도로 한가운데라 이대로 두면 금세 엉망이 되어 버릴 텐데 번거로우시겠지만, 혹시 지금 와 주실 수 있을까요?"

다행히 그리 오래 걸리지 않을 테니 기다리라는 대답이 돌아왔다. 다시 한참을 작은 고양이와 함께 서 있었다. 간간이 지나가는 이들 몇몇이 무슨 일이냐며 차를 세웠고, 고양이가 죽었구나 쯧쯧 혀를 차기도 했다. 혹시 함께 옮겨 주실 수 없겠느냐는 질문에는 누구도 대답하지 않았다.

얼마쯤 시간이 지났을까. 정신을 차리고 차 트렁크에 있던 돗자리를 꺼냈다. 고양이를 거기 눕힌 다음 안아서 인도로 옮겼다. 잠시 후 트럭한 대가 다가왔다. 구청에서 나온 분들이었다. 고양이를 넘겨주기 전에 이런 경우 어떻게 처리되는지 물었다.

"그냥 일반 쓰레기와 함께 소각하죠."

로드킬 당한 고양이는 일반 쓰레기로 분류가 되고, 쓰레기와 함께 수 거해 소각한다고 했다.

"미리 알아보고 전화를 드렸어야 했는데 제가 생각이 짧았네요. 죄송합니다. 혹시 제가 따로 묻어 줘도 괜찮을까요?"

아무래도 상관없으니 원하는 대로 하라는 대답이 돌아왔다. 나는 감사하다는 인사를 전하고 돌아섰다.

도로 옆으로는 동물원으로 이어지는 야트막한 산이 있었다. 거기 어디쯤이라면 묻어 줄 만한 자리를 찾을 수도 있을 것 같아 조심스레 돗자리를 안고 산으로 올라갔다. 얼마나 갔을까. 작은 나무 사이로 듬성듬성하게 파인 완만한 지대가 보였다. 그중 가장 눈에 띄지 않고 편안해 보이는 곳에 고양이를 눕혔다. 삽이라도 있으면 좋았겠지만, 삽도 충분한 낙엽도 없었다. 그저 조금이라도 눈에 띄지 않도록 돗자리와 주변의 낙엽과 흙을 모아 덮은 후 돌아왔다.

다음 날 아침, 집에 있던 분갈이용 흙 한 포대를 들고 다시 산으로 올라갔다. 밤사이 비가 내렸던 모양인지 고양이를 눕혀 둔 돗자리에 빗물이 조금 고여 있었다. 가지고 간 부드러운 흙을 잘 깔고 그 위에 다시 고양이를 눕힌 후 남은 흙을 잘 부어 손으로 고르게 다독였다. 이름 하나

갖지 못한 채 길에서 태어나 짧은 생 역시 길에서 마감한 아기 고양이가 부디 오랜 고통 없이 떠났기만을 바라면서. 하얀 양말의 작고 작은 고양이야, 안녕.

　다음 생애엔 꼭 사람의 손이 닿지 않는 바람으로, 햇살로 태어났으면. 이리저리 저 가고 싶은 대로 다니며 따뜻하고 신나게 모든 아름다운 순간을 유영할 수 있도록.

사랑받지 못한 증거

고양이의 코에 내 코를 가만 대고 있자면
작은 콧구멍에서 나오는 작은 콧바람이
송송 내 코로 들어오는데
그게 얼마나 좋은지 아무도 모를걸.

고양이는 개와 달리 감정이 얼굴에 잘 드러나지 않고 감정 표현도 그다지 풍부하지 않다. 하지만 그런 고양이에게도 여지없이 드러나는 한 가지는 쓸쓸하고 어두운, '사랑받지 못함의 증거'들이다.

사람만 보면 흠칫 놀라 도망가는 길고양이도 휴대폰 카메라를 들이밀며 찰칵찰칵 사진을 찍는 사람에게는 호감을 보인다고 한다. 고양이들도 경험으로 알고 있다. 사진을 찍는 사람은 자신을 해코지하지 않는다는 것을.

사람의 말을 하지 못할 뿐 저 사람이 나를 싫어하는구나, 저 사람은 나를 해치지 않는구나, 나는 버려졌구나, 하는 것을 동물들도 모두 알고 있다.

보영이의 새로운 세상

때로 인생이 살얼음판 같다는 생각을 한다.
그럴 때면 곤히 잠든 감자의 작은 손을 잡아 본다.
나란히 누워 감자의 냄새를 맡고 숨소리를 듣는다.
부드럽고 따뜻한 감자.
어느새 마음이 환해진다.

감자와 함께라면 무엇이든 아무래도 상관없고
전부 다 괜찮을 것만 같다.
너와 함께라면.

보영이는 트위터를 통해 알게 된 고양이다. 보호소에서 성묘로 입양되어 10년이 넘는 시간을 가족처럼 지내던 보호자가 출산을 이유로 시골로 보냈다.

보영이는 창문 하나 없는 컨테이너에 갇혀 3년을 지냈다. 이후 밖을 드나들며 지낼 수는 있게 되었지만, 어두운 컨테이너 안은 겨울에는 춥고 여름에는 더웠으며 방석 한 장 깔려 있지 않았다. 밥도 물도 비어 있기 일쑤였다고.

보영이는 함께 지내던 친구마저 먼저 무지개다리를 건너고 나서야 등의 털이 갑옷처럼 굳어서 뭉친 채로 겨우 구조되었다. 그리고 2017년 3월에 무지개다리를 건넜다.

사랑받았든 사랑받지 못했든 하나의 작은 생이 끝난 모든 동물에게는 꼭 동등하고 즐겁고 편안한 저들만의 새로운 세상이 기다리고 있었으면, 하고 간절히 바란다.

유산균보다 이로운

왜 고양이들은 늘 좋은 냄새가 날까.
생긴 것도 귀여우면서.

언젠가 유산균이 심리적 우울과 불안감을 해소하는 데 어느 정도 도움이 된다는 연구 결과에 대한 글을 본 기억이 있다.

그런데 왜 동물을 사랑하고 쓰다듬는 행동이 스트레스를 낮춰 준다는 연구 결과는 널리 알려지지 않은 것일까. 특히 고양이를 키우는 사람일수록 심혈관 질환의 위험이 낮아진다고 하는데 말이다.

유산균만큼이나 이로운 고양이에 대해 더 많은 사람이 알았으면 좋겠다. 만약 골목 어디서나 만날 수 있는 고양이 한 마리에게 물과 값싼 사료를 조금 나눠 주는 일이 우울증 및 각종 마이너스적인 감정을 감소시키는 데 큰 도움이 되는 것으로 밝혀졌다는 연구 결과 같은 걸 누군가 발표한다면, 그럼 몇 날 며칠을 굶고 또 굶은 배고픈 길고양이가 아주 많이 줄어들 텐데.

사랑에 빠진 사람들

사랑이란 이런 것이겠지.

쓰다듬는 손길로, 바라보는 눈빛으로
내가 너를, 네가 나를
얼마나 사랑하는지 자연스럽게 이해하고 믿게 되는.

비록 우리 서로의 언어는 이해할 수 없지만
굳이 묻고 확인하지 않아도
나는 너를, 너는 나를
다 알 것 같은 그런 마음.

거칠고 추운 자갈밭 위 나의 이불 같은 존재들.

그리하여 어느 날

'오래전 어느 날 우리는 만났지. 비가 오는 밤이었던가' 혹은 '몹시 추운 겨울이었던가' 아니면 '뜨거운 여름날이었을지도'와 같이 시작되는 대부분의 이야기가 좋다. 특히 못생기고 꼬질꼬질한 어느 이름 없는 개나 고양이와의 첫 만남에 관한 이야기라면 더욱.

너와 내가 만나, 우리가 되어, 함께한 시간이 쌓이고 쌓여, 얼마나 사랑하게 되었는지. 들어도 들어도 지겹지 않은, 그저 좋고 찡한 이야기가 좀 더 많아지면 좋겠다. 개나 고양이가 아니라도, 나무 한 그루나 이름 없는 꽃, 지나가 버린 어떤 시절과 계절, 그 무엇에 대한 것이든.

이 세상이 사랑에 빠진 사람들의 이야기로 조금 더 북적인다면, 그랬으면 좋겠다.

마지막 식사

아무래도 동네 고양이들에게
내가 호구라고 소문이라도 난 것 같다.
그러지 않고서야 사료 봉지 하나만 꺼내도
온 동네 고양이가 다 몰려와 주머니를 탈탈 털어 갈 리가.
오늘도 알뜰하게 모두 다 털리고 왔다.

가능하면 길고양이를 위한 캔이나 사료 같은 것을 항상 챙겨 다니려고 노력한다. 언젠가 길고양이란 내가 무심코 건넨 작은 캔 하나, 한 주먹의 사료가 마지막 식사가 되기도 하는 존재라는 누군가의 글을 본 이후로는. 언제나. 항상.

아무리 돌봐 주는 사람이 있어도 길고양이의 수명은 대부분 2~3년을 넘기기가 어렵다고 한다. 그만큼 길고양이의 삶은 가혹하고 고달프다. 비빌 언덕 하나 없는 것만큼 서러운 일이 세상에 또 있을까.

하루라도 배불리 먹을 수 있었으면, 하는 마음으로 오늘도 캔과 사료를 가방에 두둑이 챙긴다.

안녕, 고양이

길 가다 만난 할아버지 한 분이 그러셨다.
"없는 사람들 살기 좋으라고 날이 푹허네."

그러게요.
이렇게 푹한 날만 오래오래 계속됐으면 좋겠네요.
없는 사람도 갈 곳 없는 동물도 다 살기 좋으라고요.
_2014년 11월 23일의 나의 트윗.

사람도 동물도 모두 살기 좋은 푹한 날만 계속됐으면

고질적인 비염이 아침부터 극성이었던 그날, 약을 먹고 좀 더 잘까 하며 누웠다가 슬픈 꿈을 꿨고 엉엉 울면서 깼다. 그리고 집을 나서 부모님 댁으로 가는 길에 로드킬 당한 아기 고양이를 봤다. 너를 만나려고 내가 그런 꿈을 꿨나 봐, 하며 지나가던 차들에게 양해를 구한 후 고양이를 옮겼다. 다행히 크게 흉하지 않은 모습으로 누워 있었고 두어 대의 차도 비상등을 켜고 기다려 주었다.

여전히 따뜻한 작은 고양이를 상자에 옮겨 도로 옆 야트막한 산으로 이어지는 산책로 옆 나무 아래, 사람의 눈이 잘 닿지 않는 곳에 눕히고 낙엽으로 덮어 줬다.

이렇게 또 이름도 없이 길에서 태어나 아무도 모르게 짧은 생을 마감한 작은 고양이 한 마리와 작별했다.
사랑하는 것이 늘어 갈수록 이별의 순간도 늘어 간다.

네 덕분에

도로 끝 낡은 트럭 아래 우두커니 앉아 있던
감자의 모습을 가끔 떠올린다.

환한 가로등 아래에서 지나가는 사람들을 바라보던 얼굴.
안녕, 하고 말을 건네자
마아, 하고 다가와
다리에 이마를 부비며 인사를 하던 감자.

한 방송에서 어느 유명 연예인이 닭가슴살과 채소 같은 것으로 만든 죽을 개에게 먹이며 한참을 말없이 들여다보다 "내가 언젠가 개를 키운다면 다 네 덕분이다. 너하고 이런 좋은 기억 때문에"라고 말하는 모습을 본 적이 있다. 아마도 유기견을 돌봐 주는 방송이었던 것 같다.

　나는 그 연예인이 어떤 사람인지 모른다. 그 장면 역시 대본에 적힌 그대로를 외워 말했던 것일지도 모른다. 하지만 그 모습이 오래도록 마음에 남아 있다.

　이유야 뭐가 됐건 그날 방송을 본 사람들에게는 개 한 마리를 정성껏 돌보고 보살피는 일의 기쁨과 그로 인해 "네 덕분에 내가 변할 수도 있겠다"라고 말하는 그의 모습만 기억에 남을 테니까.

　누군가에게 좋은 영향을 미친다는 건 그런 것이겠지.

우리 모모

언제 들어도, 몇 번을 들어도 좋은 말.
들어도 들어도 자꾸자꾸 듣고 싶은 말.

길 잃은 동물이 다시 보호자를 만났다는 소식.
버려진 채 길을 떠돌던 개와 고양이에게
평생 집이 생겼다는 소식.

두 눈과 코가 까만 딱지로 뒤덮인 앙상하고 작은 아기 고양이. 모모의
첫인상은 그랬다.

차에 시동을 걸고 아파트 주차장을 막 나가려는데 초등학생쯤 되어
보이는 남자애가 손에 고양일 들고 화단을 향해 걸어가는 것이 보였다.
애를 불러 세우고 어찌 된 영문인지 물으니 문방구 앞에서 주웠다고 했
다가 누가 줬다고 했다가 계속 횡설수설할 뿐이었다. 그러더니 자긴 키
울 수 없으니까 여기 고양이들 많은 데 놔두면 된다고 했다.

'아직 아침저녁으로 추운데, 엄마도 없이. 얘가 버틸 수 있을까?'

나는 오만 가지 생각으로 머리가 복잡했다. 몰랐으면 모를까. 눈도 못 뜨고 바락바락 울어대는 작은 고양이가 저기 있다는 걸 이미 알아 버렸는데, 어떻게 모른 척해.

급한 마음에 집 근처 병원으로 고양이를 데리고 갔다. 예상대로 허피스였다. 하지만 계속 울어대는 거로 봐서는 체력이 그리 떨어진 상태는 아닌 것 같았다. 귓속도 깨끗해서 충분히 살릴 수 있을 거라고 했다. 감자가 떠올랐다. 추가 접종까지 하고서도 허피스 항체가 생기지 않아 1년 365일 중 300일은 콧물과 눈물을 달고 사는 우리 감자.

잘만 먹이면 금세 좋아질 거란 말 하나만 믿고 함께 집으로 돌아왔다. 나무 때처럼 급한 대로 현관 한편에 고양이가 있을 만한 자리를 만들었다. 깨끗한 수건과 안 입는 티셔츠로 숨을 곳을 만들고 어미 대신 체온을 유지해 줄 수 있도록 따뜻한 물병을 넣어 줬다. 신경 써야 할 게 많았다. 개나 고양이를 구조해 돌보고 입양을 보내는 일이 처음은 아니었지만, 이 새끼 고양이는 달랐다. 발견부터 상태도 좋지 않은 데다 아직 젖도 떼지 않은 아기였다. 두세 시간 간격으로 인공 수유를 해야 했고, 배변 유도도 해 줘야 했다.

태어난 지 2주가량 된, 약 200그램짜리 아기 고양이 모모와의 동거는 그렇게 시작되었다.

모모는 하루가 다르게 자라고 하루가 다르게 좋아졌다. 새까만 눈곱 때문에 눈도 다 못 뜨던 것이 이틀 만에 뽀얗게 살이 오르기 시작했다. 나중엔 안약만 넣으려는 데도 어떻게 알고 반항할 정도로 제법 힘이 붙었다.

젖병 빠는 방법도 모르고 아무리 배변 유도를 해도 응가를 하지 못해 마음을 온통 새카맣게 타들어 가게 만들던 모모였다. 고양이 카페에서 어느 분이 알려 준 방법대로 배변 유도를 하자 손톱만 한 레몬색 응가가 후두두 세면대로 떨어지던 순간의 기쁨, 모든 것이 새롭고 놀라웠다.

마냥 이불 속으로만 파고들고 기운 없이 축 처져 잠만 자던 모모가 조금씩 고양이의 모습을 갖춰 가며 현관 중문 너머의 나를 바라보기 시작했다. 허피스가 완치될 때까지는 격리가 필요하다는 병원 소견에 따라야 했지만, 모모는 나를 점점 더 알아봤고 내 손만 봐도 골골송을 부르며 좋아했다. 조용해서 살펴보면 중문 유리창 너머에서 물끄러미 나를 바라보고 있는 시간이 늘어 갔다. 집 안으로 들일 수도 없고 계속 거기에만 놔둘 수도 없었다. 내 마음도 매일 모모를 따라 문 앞을 서성였다.

　나는 모모와 조금 더 오래 놀아 주기 위해 현관에 작은 방석을 두고 툭 하면 거기 나가 앉아 있었다. 어떤 날엔 함께 아파트 복도를 걷기도 했다. 아직 어린 모모는 마치 강아지처럼 부르면 대답하고 부르면 달려왔다. 저만치 앞서 달려가다가도 딱 멈춰 날 돌아보며 기다렸고, 어서 오라는 듯 "마아" 하며 날 불렀다. 잠시 딴짓을 하다가도 "모모야, 이리 와" 하면 어느새 내 발뒤꿈치까지 쪼르르 뛰어왔다.

　감자·보리와는 한 번도 해 보지 못한 것을 모모와 함께했다. 허피스 항체가 없는 감자 때문에 집 안으로 들일 수 없는 미안함에 그렇게 모모와 나, 우리만의 놀이가 하나하나 늘어 갔다.

　그리고 모모의 입양처가 결정됐다.

　　감사합니다. 모모 구해 주시고, 어여쁘게 보살펴 주시고, 제가 아이와 평생을 함께할 기회를 주셔서. 저 또한 사랑으로 오랜 시간 아이를 품고 살아가겠습니다. 정말 감사드려요.

　모모를 입양한 분이 내게 남긴 쪽지였다.

　뼈만 남은 앙상한 몸으로 눈과 코에 까만 딱지를 주렁주렁 달고 살아
보겠다고 살려 달라고 사람 손에 들려 빽빽 울던 모모. 이젠 트위터에서
나 간간이 소식을 전해 듣는 사이가 되었지만 모모야, 지금도 나는 전부
기억하고 있어. 너의 냄새도 목소리도 온기도. 여전히 전부 다 기억해.
건강하게 오래오래 사랑받으며 지내렴.

　모모, 우리 예쁜 모모.

모모의 보호자님이 보내 주신 사진

사랑하는 마음

사람은 사람보다 개를 더 사랑한다는
연구 결과가 나왔다고 한다.

세상에, 이렇게나 당연한 결과라니.

언젠가 KTX 앞자리에 중형견 정도 되는 개 한 마리가 이동장 안에서 얼굴만 쏙 내민 채로 보호자의 다릴 베고 곤히 자는 모습을 본 적이 있다. 보호자는 그런 개를 되게 흐뭇한 얼굴로 들여다보고 또 들여다보며 행여나 개가 불편할까 어정쩡하게 팔을 공중에 든 채로 책을 보고 있었다.

어느 여름에 온라인의 한 고양이 카페에서 '고양이 에어컨'으로 검색을 했다. 그리고 "사람이 집에 없는 동안 에어컨은 어떻게 하시나요?" "켜 놓고 나간다면 몇 도로?" "고양이가 종일 에어컨 바람을 맞아도 괜찮을까요?" 같은 질문을 한마음으로 주고받는 것을 보았다.

이런 마음이 사랑이 아니면 뭘까.

나의 한계

동물을 사랑하는 일은 나의 한계를 하나하나
깨달아 가는 일일지 모른다는 생각을 한다.

내가 아무리 나의 가능성을 믿고 노력한다 해도 동물의 일은 노력만으로는 되지 않는 새로운 영역이었다.

귀여운 것과는 별개로 임시 보호를 하던 어린 개와 고양이가 시도 때도 없이 아무 데나 오줌을 싸는 것을 나는 견딜 수 없었다. 이불을 빨아 대는 것에도 한계가 있었다. 또한, 좋아하는 마음과는 별개로 개들의 그 무조건적인 사랑을 감당할 수 없었다. 개를 혼자 두고서는 잠시도 외출을 할 수 없었던 나는 봉봉이를 임보하던 시절 개인적인 볼일은 물론 온갖 회의 자리에까지 봉봉이를 데리고 다녔다. 집을 나설 때마다 현관까지 따라와 꼬리를 흔들며 한껏 웃는 얼굴로 날 올려다보는 그 어리고 작은 개를 두고는 도저히 집을 나설 수가 없었다.

나는 개보다 고양이와 어울리는 사람이다. 개와 함께 살아 보지 않았더라면 결코 깨닫지 못한 채 그저 '복슬복슬한 귀여운 털' '작은 발바닥' '동그란 코' '함께하는 산책!' 같이 우선 눈에 보이는 좋은 것만 생각했을 것이다. 하지만 이제는 안다. 나의 비루한 체력은 개보다 고양이와 어울리고, 그마저도 두 마리까지가 나의 최대치이다.

조금 슬프지만 인정해야지. 여기까지가 나의 한계고 나의 마지노선이라는 것을.

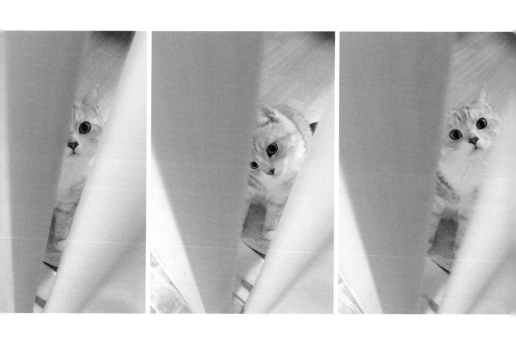

3장 이런 사랑

괜찮은가요?

고양이와 함께 산다고 하면
"나도 예전에 개, 고양이 키웠어요!"
대단한 공통점이라도 발견했다는 듯 신나서 묻지도 않은
과거의 개와 고양이에 관해 이야기하는 사람들이 있다.

그 개와 고양이는 지금 어디에 있나요? 물으면
어김없이 "잃어버렸다" "시골로 보냈다" 같은 얘길 하면서.

당신이 세상의 전부였고, 유일한 가족이었을 개와 고양이를
그렇게 잃어버리고, 어딘가로 멀리 떠나보내고도
당신은 이렇게 태연히 잘 살아가고 있군요.
우리에겐 아무런 공통점이 없으니, 그럼 저는 이만.

그런 이야기를 들을 때마다 늘 이런 생각을 한다.

3장 이런 사랑

버려진 동물의 사연을 보고 듣다 보면 그럴 수는 있지만 그래선 안 되는 무수히 많은 사정을 알게 된다. 결혼해 보니 배우자가 동물을 싫어해서, 알레르기가 심해서, 아이가 생겨서, 이민을 가서, 유학을 가서, 이사하는 곳이 지금 집보다 작아서… 사람들은 정말 구석구석 꼼꼼하게 다양하고 평범한 이유로 함께 살던 동물을 버린다. 어쩌다 보니 그렇게 됐다고 말하며 조금 울기도 하면서.

처음부터 그럴 생각으로 동물을 키우는 사람이야 없을 테지만 결국 버려도 될 만해서 버리는 거다. 동물쯤이야 한두 마리 버린다고 나의 인생이 그리 달라질 리 없으니. 마음이야 조금 아프겠지만 그렇다고 내가 죽진 않을 테니까. 버려진 동물이야 어떻게 되든 나는 죽지 않으니까. 동물에게는 자신이 엄마이자 아빠이고 세상의 전부이며 유일한 집이라는 사실 같은 것은 안중에도 없이.

그런 동물을 버리고도 정말 괜찮나요, 당신은?

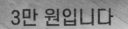

3만 원입니다

중고나라 같은 곳은
나에겐 필요 없지만 버리기엔 아까운,
누군가에겐 필요할지도 모를,
그런 물건을 사고파는 곳인 줄로만 알았는데.
'제 개와 고양이를 3만 원에 팝니다'
라는 글을 올리기도 하는 곳이라니.

동물의 삶이란 어쩜 이다지도 서글픈 것일까.

　누군가 중고나라에 하얀 고양이 사진을 올렸다. 4년을 함께 살았지만, 개인적인 사정으로 더는 함께 살 수 없어 보내게 되었다는 내용이었다. 우리 집에서 그 고양이가 있다는 도시까지의 거리를 검색해 봤다. 약 세 시간 반의 거리였다. 이런저런 생각으로 온밤을 꼬박 새운 다음 날 '제가 입양하고 싶은데 가능할까요?' 하고 문자를 보냈다. 가능하다는 대답이 돌아왔다.

고양이를 데려오기 위한 날짜를 정하며 이것저것 미리 준비해 두자 싶은 마음에 그동안 사료는 뭘 먹었는지를 물으니 '갑자기 물으셔서 이름이 기억나질 않네요. 집에 가서 확인하고 다시 연락드릴게요'라는 대답이 돌아왔다. 뒤이어 한 달에 한 번이라도 소식을 전해 줄 수 있겠느냐며 '우리 고양이가 이렇게 예쁜데'라는 메시지와 함께 동영상 몇 개를 보내왔다. 장난감을 흔드는 보호자와 신이 난 고양이의 모습이 담긴 동영상이었다.

몇 년을 함께 산 고양이가 먹는 사료의 이름은 기억 못 하지만 가끔 소식이라도 듣고 싶은 마음. 4년을 함께 산 고양이를 3만 원에 팔겠다는 글을 중고나라에 올리면서도 좋았던 어느 날의 동영상을 보내며 우리 고양이가 이렇게 예쁘다고 자랑하고 싶은 마음. 그 모든 마음이 한 사람의 마음이었다. 이런 마음을 어떻게 이해해야 할까.

며칠 후 고양이가 왔다. 다 해지고 작아진 옷을 입은 채 언제 씻었는지 모르게 사료가 말라붙은 그릇과 장난감 하나, 먹던 사료 조금과 함께였다. 몇 시간 동안 얼마나 답답했을까 싶게 좁고 작은 이동장 안에 웅크리고 있었다. 이동장에서 꺼내 옷을 벗기고 보니 얼마나 오랫동안 그 작은 옷을 입혀 뒀는지 목덜미에 빙 둘러 눌린 자국이 선명했다. 그러든지 말든지 이동장에서 벗어난 것이, 그 작은 옷을 벗겨 준 것이, 그저 좋은 하얀 고양이는 내 손에 반갑게 이마를 부비고 내 몸에 제 몸을 기대며 이리 뒹굴고 저리 뒹굴었다.

　난생처음 보는 나를, 낯선 곳을, 아무런 경계 없이 그저 '반가워' '좋
아' '행복해' 하며 무방비하게 너는, 어쩜 그럴 수 있을까.

　어떻게 그럴 수 있었을까. 살아 움직이고, 말을 하고, 난생처음 보는
나에게도 반갑다고 좋다고 애교를 부리고 사랑을 표현하는 정 많은 고
양이를 누구인지도 모를 사람에게 3만 원에 보낼 수 있는 마음 같은 것
은 무엇일까.

　다행히도 다시는 어디로도 보내지 않고 평생 아끼고 사랑해 주겠다는
분들이 나타났고 하얀 고양이는 입양을 갔다. 제법 통통하게 살이 오르

고 목덜미의 빙 둘러 난 자국이 완전히 사라진 지금도 종종 중고나라 3만 원과 낡고 해진 작고 더러운 옷, 지저분한 그릇들, 그리고 선명했던 목덜미 자국 같은 것을 생각한다.

불과 얼마 전까지만 해도 몇 년을 함께 살던 사람으로부터 고작 3만 원에 아무에게나 팔려 갈 뻔했던 고양이가 지금은 세상에서 가장 귀하고 사랑받는 고양으로 지내고 있다는 사실이 매일 새롭게 고맙고, 찡하다.

이런 이야기는 어쩜 이렇게 몇 번을 하고 또 해도 전혀 지겹지가 않을까.

그리하여 어느 날

하얀 고양이 두부의 보호자님이 보내 주신 사진

고양이 키우세요?

우리 개 혹은 고양이는 자기 이름이
'사랑해'나 '귀여워' '오구 예뻐'인 줄 아는 것 같아요,
같은 이야기를 좋아한다.

횡단보도에서 고양이를 외투 안에 소중히 감싸 안고 신호가 바뀌길
기다리는 분을 만난 적이 있다. '살짝 조금만 보고 싶어' 하는 마음으로
그 여자분 쪽으로 몸을 틀자마자 그분 역시 나를 향해 돌아서더니 외투
자락을 열어 고양이를 보여 주었다. 그 얼굴이 지금도 가끔 생각난다.

외투에 푹 쌓인 채로 뭐가 그렇게 궁금한지 연신 코를 킁킁거리며 아
는 척을 하던 작고 작은 아기 고양이.

파란불로 바뀐 횡단보도를 건너며 우리는 생전 처음 보는 사이라는
사실도 잊은 채 게걸음을 걷듯 열심히 옆으로 걸으며 고양이에 대해 떠
들었다.

언제든 누군가 내게 "어머, 고양이 키우세요?" 하고 물어 주길 기다리는 사람들의 마음.

고양이와 함께 사는 사람이 되고 나서야 비로소 알게 된 귀여운 사람들과 귀여운 마음들.

나는 믿고 있다

"지금 갈게. 집 앞 골목 세 번째 가로등 아래서 만나" 하고 전화를 하면
온 동네 고양이가 다 나와 밥 들고 가는 나를 기다렸으면 좋겠다.

누구는 어디가 아프고
누구는 지금 멀리 가서 조금 늦을 거고.
그렇게 매일 전화로 알려 주면 좋을 텐데.

언젠가 음식물 쓰레기를 헐값에 사들여 개 농장의 개들에게 먹인 일당의 이야기를 들었다. 연일 이어지는 혹한의 더위에도 음식물 쓰레기가 축축하다는 이유로 물 한 방울 주지 않는다는 이야기와 함께. 다행히 그 일당이 구속됐다는 기사를 보긴 했지만, 이제 나는 음식물 쓰레기를 버리는 것조차 마음이 편치 않게 되었다.

감자와 보리를 만나 함께 살게 된 이후부터는 모든 사고가 늘 이런 식이다. 날이 더우면 더워서, 추우면 추워서. 시도 때도 없이 마음이 휘청이고 눈물이 쏟아진다. 누군가 귀엽다며 올린 길고양이 사진 한 장조차 마음 편히 볼 수가 없다. '밥은 먹었니?' '덥진 않니?' '춥진 않니?' '아픈 곳은 없니?' 하게 된다.

내 마음이 그렇다고 지금 당장 무언가를 송두리째 바꾸자 말할 수도, 바꿀 수도 없다. 고통스럽지만 그것이 현실이고 세상이니까. 하지만 또 그런 이유로 나는 내가 할 수 있는 일을 하고 또 해야 한다는 것을 안다. 길 가다 만난 고양이에게 캔 하나라도 따 주는 것. 도움이 필요한 동물에게는 후원이든 서명이든 무엇이라도 반드시 힘을 보태는 것. 누군가에게 하루를 버틸 힘이 되어 주고, 숨 쉴 구멍이 되어 주는 것. 지금 당장은 이렇게 작고 사소한 일이 내가 할 수 있는 전부겠지만, 이런 일이 쌓여 언젠가는 반드시 세상을 바꿀 수 있으리라고 나는 믿고 있다.

동물을 사랑하게 되면 사람이 싫어지고 세상이 싫어져 어느 순간 나 자신조차 싫어지는 때와 수도 없이 대면하게 된다. 하지만 버려진 개 한 마리가, 날마다 위태로운 수많은 길고양이가 하루를 버티고 또 하루를 견디며 살아남도록 도울 수 있는 것도 사람이다.

그러므로 마음속으로야 하루에도 수만 번 이를 갈고 칼을 갈지언정 사람만이 할 수 있고 사람이라서 해야만 하는 일을, 오늘도 내일도 내가 있는 자리에서 하나씩 해 나가야 한다.

그리하여 어느 날

4장

감자·보리와 살고 있습니다

다녀올게

감자의 털을 구석구석 빗겨 주고
한참이나 감자의 배에 얼굴을 대고 누워 있었다.
감자의 작은 발은 가끔 내 이마를 쓰다듬었고
감자에게선 부드럽고 따듯한 냄새가 났다.

세상에서 가장 고요하고 따듯한 위로가 있다면
고양이라는 존재, 그 자체가 아닐까.

나장 감자·보리와 살고 있습니다

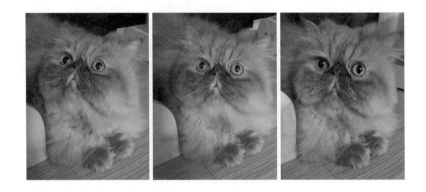

감자와 둘이 사무실에서 생활하는 동안 잠시라도 자릴 비워야 할 때면 언제나 "다녀올게, 금방 올게" 하고 몇 번씩 인사를 하고 또 했다. 혹여라도 다시 혼자인 채로 남겨졌다고 생각하면 어쩌나 싶은 마음 때문이었다.

금방 다녀온다는 말을, 꼭 다시 금방 온다는 말을 알아듣지 못하리라는 걸 알면서도 몇 번이나 "다녀올게" "금방 올게" "조금만 기다려" 하고 인사를 하고 또 했다. 우리 집이 생기기 전까지 나는 감자에게 언제나 그렇게 인사를 했다. 세상에서 그보다 더 중요한 말은 없는 것처럼.

"다녀올게, 금방 올게, 조금만 기다려."

가끔 아이들과 앉아 지난 시절에 관해 이야기한다. 그땐 나도 어려서, 너무 힘들어서, 뭘 몰라도 너무 몰라서 지금 감자와 보리를 대하듯

마냥 사랑하고 아끼는 마음으로 너희를 대할 수가 없었다고. 미안하다고. 하지만 그 기억이 너희를 좌지우지하게 두지는 않기를 바란다고.

나의 말에 첫째는 "그땐 다 힘들었으니까. 우리 다 힘들었잖아요. 지금에야 나도 그때 내가 힘들었구나, 하고 말도 할 수 있게 됐지만 그땐 나도 몰랐어요. 그래서 맨날 짜증 내고 우리끼리 싸우고. 엄마는 그런 우리랑 매일 붙어 있어야 했던 거고. 24시간 빽빽거리고 소리 지르는 애들이랑 붙어 있는 거 생각만 해도 끔찍하잖아요!"라고 대수롭지 않게 대답했다. 그리고 이어서 "감자는 집도 없고, 발가락도 부러졌고. 엄마 아니면 아무도 없었으니까 괜찮아요. 나라도 그랬을 텐데"라고 말했다.

첫째는 자기가 그런 대답을 했는지조차 기억하지 못하겠지만, 나는 지금도 자주 그날의 대화를 떠올린다. 이런 날이 오리라고 누가 상상이나 했을까. 영영 자라지 않을 것만 같던 아이들이 훌쩍 자라 어느새 나의 자격 없음을 이해한다고 말해 주는 어른이 되었다.

"내가 중학생일 때 사는 게 아무런 재미가 없다고 했던 말 기억해요?" 이제는 성인이 된 첫째는 언젠가 이런 얘기도 했다.

"학교 갔다 학원 가고, 학원 끝나면 밤이고. 집에 와 졸린 거 참아 가며 숙제하고. 겨우 숙제 좀 마쳤다 싶으면 잘 시간이고. 그렇게 몇 시간 자면 또 학교 가고. 그땐 집이 정말 너무너무 싫었는데. 근데 감자가 오고 나서 달라졌어요. 우리 처음엔 되게 작은 집에서 살았잖아요. 지금 집의 반의반도 안 됐지 아마. 그런데도 그 집이 나는 세상에서 제일 좋

고 재미있었어요. 학원에서 아무리 늦은 시간에 끝나도 '집에 가면 감자
가 있다!' 하며 달려오게 되고, 아침엔 아무리 졸음이 쏟아져도 눈 뜨면
감자가 와서 인사를 하고. 그런 게 얼마나 좋았나 몰라요. 진짜 좋았지.
세상에서 제일 귀여운 감자가 집에 있고, 그러다 보리도 오고."

　몰랐는데, 감자는 아이들에게도 그런 존재였나 보다.

　돌아갈 집이자 유일한 기쁨.

　한 번이라도 벼랑 끝에 서 본 적이 있는 사람이라면 "내가 지금 거기
로 갈게"라는 말 한마디가 얼마나 큰 위로가 되는지, 힘이 되는지 안다.
누군가에게는 말도 통하지 않는 고양이 한 마리에 지나지 않을지도 모

르지만, 우리 모두에게 감자는 그런 존재였다.

"다녀올게, 금방 올게, 조금만 기다려."

감자가 있어서, 감자 덕분에, 우리 모두에게는 돌아갈 집이 생겼다.

새해 다짐

장을 보며 어김없이
"우리 감자 물그릇, 우리 보리 우유, 길냥이들 밥그릇"
하고 있자니 어김없이 엄마는
"네 건 어떻게 하나도 안 사고, 맨날 애들 것만 사냐"
타박 아닌 타박을 하시길래
"언젠가 고양이들이 지구를 정복하는 날이 오거든
오늘의 나를 기억해 줄 거야"라고 대답했다.

사실 너희들만 행복하다면 아무래도 상관없지만.

　어느 해의 일기를 보니 '재미있는 사람이 되자'라는 새해 다짐이 적혀
있었다. 아마 그다음 해에도, 또 그다음 해에도, 나는 같은 새해 다짐을
적었을 것이다.

　농담만큼 무해하며 유용한 것이 또 있을까.
　하루하루가 위태로운 벼랑 같던 내게 그보다 더 좋은 소원은 없을
것만 같았다. 농담 한마디 할 기력만 있어도 밥도 먹히고 살아지기도
한다.

다가오는 새해에도 같은 다짐을 해야지. 한 가지만 더 추가해서.

"돈 많고 웃기는 사람이 되자."

고양이의 말

매일매일 감자와 보리에게
사랑한다고, 좋아한다고 고백하고 싶은데
나는 고양이 말을 할 줄 모른다.
고양이 나라로 어학연수 가고 싶다.

고양이의 꼬리 언어 중 꼬리를 세운 채 파르르 떠는 것은 '너무너무 좋아!' '짱이야!' '최고!' '사랑해!' 같은 의미라고 하던데, 보리는 매일 아침 정말 하루도 빠짐없이 꼬리를 파르르 떨며 인사를 한다.

나와는 다른 속도로 흐르는 시간을 사는 보리에게는 지난 몇 시간의 밤도 며칠처럼, 혹은 몇 주처럼 길었던 것은 아닌가 싶다. 그래서 매일 아침 새롭게 반갑고 또 반가운 것은 아닌가 싶어서 언제나 애틋하고 고마운 마음이 든다.

나는 너의 엄마

감자가 "음마" 하며 잠꼬대를 한다.
콩닥콩닥 가슴이 뛴다.

물론 그 음마가 엄마가 아니라는 건 안다.
감자가 어떨 때 "엄마" 하는지
어떤 표정, 어떤 눈으로 날 보는지
나는 아니까.

그리하여 어느 날

가끔 감자가 "음마" 하며 날 부를 때가 있다. 물론 그것이 정말 사람의 '엄마'와 같은 의미는 아니겠지만 말이다.

처음엔 누구에게도 그런 얘길 하지 않았다. 나만 이상한 사람이 될 것 같았기 때문이다. 그러던 어느 날 "엄마! 감자가 엄마라고 했어요! 들었어요? 네?" 하며 둘째가 소릴 지르며 달려왔다. 나는 당연하다는 듯 감자는 엄마도 할 줄 안다고 대답했다.

그것이 정말 엄마를 의미하는 것은 아니라는 걸 둘째는 한참이 지난 후에서야 알게 되었지만, 한동안 우리 고양이는 엄마도 할 줄 안다며 얼마나 신기해하고 자랑을 하던지.

지금도 가만히 날 바라보던 감자가 "음마" 하며 다가올 때면 처음처럼 늘 가슴이 뛴다. 엄마면 어떻고 엄마가 아니라면 또 어때. 너랑 내가 이렇게 좋은데. 그럼 됐지.

창문 TV

거실 한가운데로 볕이 들기 시작하면
겨울이 시작되고 있다는 것.

겨울의 길목, 한낮의 해가 쏟아지는 거실의 창가는
감자가 가장 좋아하는 장소.

눈부신 겨울 한가운데 네가 있는 그 풍경.
눈부신 풍경.

나장 감자·보리와 살고 있습니다

스마트폰도 TV도 책도 없는 고양이의 세계에선 창문 밖 세상이 인간의 TV와 같다는 얘길 들은 적이 있다. 이사 갈 집을 고를 때마다 탁 트인 시야와 커다란 창문이 가장 중요한 이유는 이 때문이다.

창밖으로 날아가는 새를 보고, 계절이 바뀌는 것을 보고, 함께 베란다에 앉아 해가 뜨고 해가 지는 것을 보는, 그런 순간이 이제 내겐 행복이고 기쁨이다.

창문 TV에서 오늘은 또 무슨 일이 벌어질까.

멸치 탈취 사건

너와 함께 사는 일이 하루하루 얼마나 기쁘고 즐거운지
너에게도 얘기해 줄 수 있다면 좋을 텐데.

제2외국어로 고양이 말을 신청하고 싶다.
어느 학원으로 가면 되나요?

종일 웃을 만한 일이라곤 딱 하나가 전부였던 날이다. 그런데 그 순간이 얼마나 좋았던지 종일 그 하나를 떠올리며 혼자 쿡쿡 히죽히죽 웃을 수 있었다. 그게 뭐냐면…

이제껏 단 한 번도, 말썽 비슷한 것도 저지른 적 없는 보리였다. 그런 보리가 멸치를 다듬는 내 앞에 한참을 앉아 가만히 지켜보다가 갑자기 멸치 봉지에 얼굴을 들이밀더니 한 마리를 물곤 냅다 도망쳤다. 하지만 얼마나 긴장을 했던지 몇 걸음 떼지도 못하고 놓쳐 버렸다. 태어나 처음으로 한참 삶아 퉁퉁 불은 멸치가 아닌 말짱하게 고소한 냄새가 나는 멸치를 물고 도망을 가다 결국 놓쳐 버리고, 떨어진 멸치를 바라보고 또 바라보던 그 표정이란 정말.

삶지 않은 멸치는 짜서 안 된다고, 몇 번을 말하고 또 말한 뒤 멸치 반쪽을 잘게 부숴 먹였다. 그 손톱만 한 멸치 부스러기를 얼마나 맛있게 열심히 먹던지. 착하고 순한 우리 보리는 마지막 부스러기 하나까지 말끔히 주워 먹고 나서 더는 욕심내지 않고 깔끔하게 돌아섰다.

삶지 않은 멸치를 줄 수 없는 이유를 아무리 설명하고 또 설명한대도 보리는 영영 알 수 없겠지.

멸치 한 마리가 뭐라고. 다섯 살이 지나도록 사람 음식엔 관심도 없고

식탐 한 번 부린 적 없던 애가 그걸 물고 도망을 가는데도 "실컷 먹어"라
며 다 내 줄 수 없는 이유는 영영 설명할 수도 없고 이해할 수도 없을 테
지만, 내가 저를 얼마나 사랑하고 걱정하는지 그 마음은 아주 조금이라
도 보리가 느낄 수 있으면 좋겠다.

너무 귀여워

"우리 감자 닮은 거 있는데. 그거 있잖아, 왜.
서부영화 같은 데서 자꾸 굴러다니는 그거."

한참을 이름이 떠오르지 않아 끙끙 앓았는데, 찾았다.
회전초!

그리하여 어느 날

어느 날 아침에 감자의 발톱을 잘라 주면서 보니 하나만 좀 길게 자라 있었다. "우리 감자는 왜 네 번째 손톱만 이렇게 길지?" 하며 얘기해 놓고는 그게 너무 귀여워서 혼자 한참 웃었다.

"네 번째 손톱이래. 감자야, 이게 손이야? 손톱이야? 어떡해. 귀여워. 큭큭" 하면서.

또 어느 날은 감자의 볼 털이 너무도 자란 나머지 얼굴이 점점 마름모가 되어 가기에 간만에 이발기로 얼굴 털을 조금 정리해 봤다. 그런데 어쩐 일인지 감자의 얼굴에 계단이 생겨 버렸다. 왼쪽과 오른쪽이 다른 비대칭 계단식 논 같았다.

물론 세상에서 제일 귀엽고 부드러운 계단식 논.

별게 다 좋고, 귀엽고, 그러네.

작은 등불

어떤 장면은, 순간은.
너무 좋아서, 아까워서, 애틋해서.
다시는 없을 것만 같아서.
살다 보니 이런 날도 오는구나, 하면서.
괜히 눈물이 핑 돌기도 하면서.

259

    가끔 누운 채로 감자를 배 위에 올려놓고 쪼그만 두 볼과 짧은 목, 납작한 이마 같이 감자의 손이 잘 닿지 않는 곳을 살살 긁어 준다. 내 손에 따라 이리저리 움직이는 감자의 얼굴과 달라지는 표정. 그 순간의 모든 것을 좋아한다. 내 배 옆으로 점점 미끄러지는 발과 부드럽고 따듯한 감자의 배도.

    또, 빗어도 빗어도 자꾸 엉키는 감자의 곱슬한 배를 감자가 좋아하는 낡고 오래된 빨간 빗으로 살살 빗겨 줄 때 만세 모양으로 짧은 두 다리를 쫙 펴는 것도. 작달막한 뒷다리를 착 들어 일자로 펴 주는 것도 모두 너무너무 좋아한다. 감자와 함께하는 모든 순간이 나는 다 너무너무 좋다.

어떤 날, 마음이 저 먼 사막을 헤맬 때, 속수무책으로 캄캄한 어둠 속에 우두커니 앉아 그 모든 것이 지나가기를 그저 기다리는 것 외엔 달리 할 수 있는 것이 없을 때, 감자와 함께하는 순간이 마음속에 딸각 작은 등불을 켠다.

그래도 좋아

어디선가 파리 한 마리가 들어왔다.
감자와 보리는 깡충깡충 신이 났다.

고양이들과 살다 보면 때로는 파리도 반갑다.

4장 감자·보리와 살고 있습니다

　고양이들은 높은 곳에서 아래를 내려다보는 것을 좋아한다. 야생동물의 습성이 남아 있기 때문이라는 얘기도 있지만, 나는 그보다 아래를 내려다보며 업신여기는 것을 즐긴다는 이야기를 더 좋아한다.

　높은 캣타워에 올라 앉아 꾸벅꾸벅 조는 와중에도 틈틈이 나를 업신여기는 얼굴로 바라보는 감자야 보리야 사랑해.

우리 집 상전

수박 몇 조각 시원하게 갈아 마시고 싶지만
감자와 보리가 곤히 자고 있으니 나중으로 미룬다.

고양이들도 수박 주스를 좋아하면 좋을 텐데.
그럼 너무너무 귀여워서 매일 수박만 갈고 싶겠지.

　방에 들어가면서 무심코 불을 켰을 때 곤히 자고 있던 감자나 보리가 환한 불빛에 살짝 미간을 찌푸리는 것을 보면 나도 모르게 "어, 미안!" 하며 황급히 불을 끈다. 그리곤 가만히 발뒤꿈치를 들고 조심조심 걸어 들어가 보이지도 않는 구석을 손으로 더듬어 가며 무언가를 찾아 들고 나온다.

　불편하지만 행복한 순간이 늘어 간다.

니장 감자·보리와 살고 있습니다

아무리 천재라도

양치 시간마다 멋대로 노래를 만들어
'치카송'이라며 불렀더니
이젠 내가 그냥 콧노래만 흥얼거려도
감자가 자꾸 도망을 간다.
세상의 모든 노래가 치카송으로 들리는 감자의 슬픔.

나장 감자·보리와 살고 있습니다

보리는 언제나 내 말을 너무나도 잘 알아듣고 반응하는, 어쩌면 천재가 아닐까 싶은 착각마저 들게 만드는 고양이다. 그런 보리가 구석에서 양치를 당하던 감자의 참참 소리를 듣고는 '뭐지? 맛있는 건가!' 하며 달려왔다가 붙잡혀 덩달아 양치를 당했다. 감자는 내가 치약 근처에만 가도 눈치를 채고 저 멀리 도망가곤 하는데 말이다.

하긴 뭐, 아무리 천재라도 꼭 그렇게 세상만사 모든 일에 천재성을 발휘할 필요는 없으니까.

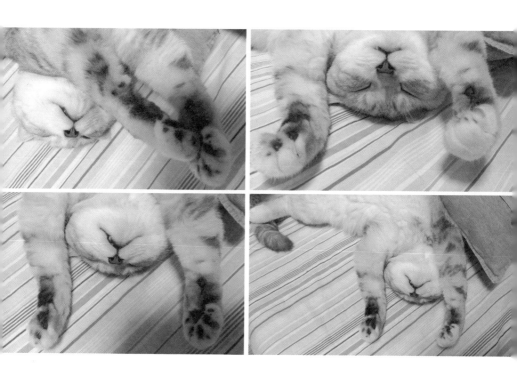

4장 감자, 보리와 살고 있습니다

보고 싶어, 보고 있어

단축 번호 1번에 감자의 번호를 저장하고 싶다.
언제든 감자가 보고 싶을 때
1번을 누르면 목소리를 들을 수 있게.

4장 감자·보리와 살고 있습니다

감자에게는 이런 취미가 있다. 어딘가에서 몰래 나를 지켜보는 것이다. 물론 감자는 자기가 되게 꼭꼭 숨었다고 생각할 테지만, 언제나 훤히 다 보이는 그런 자세로 몰래 나를 지켜본다.

정말 매번 귀여워 어쩔 줄을 모르겠다.

4장 감자·보리와 살고 있습니다

최선의 차이

어딜 가든 늘 감자·보리도 함께 갈 수 있으면 좋겠다.

감자·보리와 함께 살기 시작한 이후로는
혼자서는 어딜 가도, 누굴 만나도
늘 신발 한 짝 멀리에 두고 온 사람처럼
마음이 그렇다.

며칠 가족 여행을 다녀온 사이 15년을 함께 산 늙은 개가 무지개다리를 건넜다는 글과 그 아래 달린 사람들의 댓글을 읽으며 저마다의 최선에 대해 생각한다.

　결국 인생의 모든 쓸쓸함은 저마다 다른 최선의 차이에서 오는 것이겠지. 나의 최선이 너의 최선과 같지 않고, 나의 한계가 너의 한계와 같지 않음에서 오는 쓸쓸함.

　서로의 차이, 각자의 한계.

　최선의 차이란 각자가 견딜 수 있는 맵기의 정도 같은 것이어서 누군가에게는 보통의 맵기까지가 한계이고 누군가에게는 최고 매움까지도 그럭저럭 견딜 만하듯이, 결코 닿을 수 없는 세계가 저마다의 사이에 놓여 있고 그로 인해 우리는 종종 쓸쓸하고 고독한 것일지도 모른다.

　나의 가장 큰 두려움은 15년을 함께 산 개가 가족이 집을 비운 날 혼자 쓸쓸히 무지개다리를 건넌 것처럼, 혹여 내가 잠시 잠이 들거나 피치 못할 사정으로 집을 비운 그 순간 나의 감자와 보리가 무지개다리를 건너면 어쩌나, 하는. 그런 것이다. 나의 최선이란 좋고 싫음과는 상관없이 반드시 지켜야만 하는 것에 대한 도리이고 약속 같은 것이어서.

　언젠가 감자와 보리와 나에게도 그런 순간이 온다면 며칠이 되었든 함께 있고, 얼마나 깊은 밤이든 부디 잠들지 않기를. 꼭 깨어, 작별할 수 있기를.

나장 감자·보리와 살고 있습니다

상상만으로도

이제 여섯 살인데 눈곱은 스스로 떼야지.
세수는 한 거야, 안 한 거야?
유치원 선생님이 세수도 안 하고 왔다고 하면
부끄러워서 코가 더 빨개질 텐데 어떡하지.

이런 얘길 하며 눈곱도 떼 주고 코딱지도 떼 주면서
아이구 귀여워, 아이구 귀여워.

상상만으로도 기분이 좋아지는 일이 있는데 그중 하나는 샤워 후 로션을 바르는 날 가끔 가만히 올려다보는 보리를 향해 "보리도 로션 바를까? 코랑 뺨에 촵촵?" 하며 거울 앞에 나란히 앉아 함께 로션 바르는 모습을 상상해 보는 것이다.

보리의 빨간 코에 하얀 로션을 콕 찍어 발라 주는 일.
상상만으로도 즐겁다.

그리하여 어느 날

285

냥장 감자·보리와 살고 있습니다

평범한 행복

호랑이 얼굴 모양의 팩을 붙이고 어슬렁거리며 돌아다녔더니
감자와 보리가 한껏 경계하는 눈빛으로 나를 주시한다.
아무리 불러도 오지 않고 절대 거리를 좁히지 않으면서.

뭔가 이상하고
엄마가 아닌 것 같고
그런 걸까?
귀엽게 정말.

사랑니를 빼고 스케일링에 충치 치료까지 한 날, 입안이 온통 내 것이 아닌 것처럼 욱신거렸다. 설상가상으로 비염에 알레르기 증상까지 겹쳐 아프지 않은 곳을 찾는 것이 더 빠를 지경이었다. 하지만 잠에서 깨자마자 달려와 타조처럼 내 이불 안으로 머리만 디밀어 넣은 채 골골거리고, 식탁에 앉아 약 먹는 내가 혼자만 맛있는 걸 먹는 것은 아닌지 궁금해 목을 빼고 올려다보는 감자와 보리 덕분에, 웃는다.

나장 감자·보리와 살고 있습니다

사랑이란

감자·보리와 숨바꼭질에 우다다에
한참을 신나게 뛰어놀다 나란히 거실에 누워
조그만 달을 본다.
물론 달을 바라보는 것은 나뿐이겠지만.

함께여서 좋은 것이 점점 늘어 간다.

니장 감자·보리와 살고 있습니다

고양이 두 마리와 몇 년을 살아 보니 동물과 함께 산다는 건 흔히 생각하는 것처럼 "아, 귀여워!"보다 "좋아, 그냥 다 좋아"에 가까운 마음이지 싶다. 귀여운 건지 예쁜 건지, 언젠가부터 생김새 같은 건 아무 상관이 없고 그냥 무조건 다 좋은 상태가 된다. 코딱지도 좋고, 응가만 잘해도 좋은 그런 마음.

　　감자에겐 허피스 항체가 없어서 1년 365일 중 300일 정도는 까만 눈물과 눈곱, 콧물을 달고 다닌다. 그 때문에 바닥이나 벽 심지어 이불과 옷에도 언제나 감자의 눈물 자국투성이다. 하지만 나는 그것마저 그저 다 좋아서 매일 물티슈를 들고 다니며 "우리 감자가 여기서 이렇게 얼굴 흔들었나 봐" "그루밍도 했나?" "콧물 핑, 했네" 하고 웃는다.

귀여운 생김새나 귀여운 행동만으로 누군가
를 평생 사랑하는 일이 가능할까. 감자와 보리
를 보면서 종종 그런 생각을 한다. 동물을 사랑
하는 감정이란 그저 귀여워서 예뻐서 나를 사
랑해 줘서 같은 이유로 유지되는 것은 아니구
나, 하고. 동물을 사랑하는 일도 사람을 사랑하
는 일과 같아서 잠결에 무심코 눈을 떠 나를 바
라보는 표정, 좋아하는 음식을 먹을 때 내는 소
리, 잠꼬대하는 얼굴, 이른 아침 막 잠에서 깨
조금 잠긴 목소리로 나를 부르는 순간, 그리고
불어 드는 바람의 냄새를 맡는 코의 모양 같은
아주 사소하고 또 사적인 순간이나 습관을 알아 가는 과정이 쌓이고 쌓
여 사랑이 되는 것은 아닌지.

내가 아는 너의 버릇과 취향이 하나둘 늘어, 그렇게 우리만 아는 순간
이 쌓이고 쌓여, 길을 걷다가 바람 한 점 햇살 한 줌에도 네가 좋아하는
것과 너를 닮은 것을 떠올리며, 그렇게 세상의 모든 것이 너와 네가 아
닌 것의 경계로 구분되는, 사랑이란 아마도 그런 것이겠지.

그리하여 어느 날

나의 영원한 문진

감자랑 보리랑 바닥에 누워 뒹굴뒹굴할 때
내 고양이들의 배가 동그맣게 나와 있으면 그게 그렇게 좋을 수가 없다.
맘마 많이 먹었구나,
그래서 이렇게 배가 뽈록 나왔구나.

　가끔 그런 생각을 한다. 감자와 보리는 내게 문진 같은 존재일지도 모른다고.

　온갖 감정의 풍파가 나를 흔들고 금세라도 휩쓸려 어디론가 영영 떠내려가 버릴 것만 같은 그런 날에도 감자와 보리는 그저 조용히 눈 한 번 마주치는 것으로, 곁에 와 몸을 대고 앉는 것으로, 나를 다시 일상으로 데려다 놓는다. 책장이나 종이쪽이 바람에 날리지 않도록 눌러두는 것처럼.

　너희는 나의 영원한 문진.

나장 감자·보리와 살고 있습니다

우리의 세계

감자와 보리를 불러 모아 하나씩 밀싹을 잘라 준다.
사각사각, 밀싹 씹는 소리.
어릴 때 누워 놀던 풀밭 냄새가 난다.

딱 여기까지가 우리 세계의 전부였으면.
풀밭 냄새로 가득한 고요하고 다정한 세계.
딱 여기까지.

작고 부스스한 애가 가만히 다가와 내 베개 위로 조그만 발 하나를 올린다. 나는 몸을 움직여 공간을 만들고 이불 위를 가볍게 톡톡 두드리며 "이리 와" 하고 부른다. 베개를 나눠 베고 누워 내 볼을 몇 번이고 쓰다듬는 부드러운 발과 반쯤 감은 채 몇 번이고 나를 바라보며 깜박이는 눈. 작고 낮은 골골 소리와 함께 스르륵 잠이 든다.

내 다정한 고양이들과 함께하는 순간.
우리만 아는 이런 순간.

안온한 우리의 작은 세계.

4장 감자·보리와 살고 있습니다

너의 다정한 그늘에서

오늘 하루가 어땠건
감자와 보리가 내게 기대 누워
작게 고로롱거리며
꾸벅꾸벅 조는 모습을 보고 있자면
그냥 다 괜찮았고 괜찮을 것 같은
그런 마음이 된다.

거짓말처럼
언제나 항상.

돌이켜 보면 겁 많고 어리광 많은 보리에게도 지금과는 딴판으로 한 시도 가만있지 않고 통통거리며 뛰어다니던, 세상 무서운 것 없던 시절이 있었다. 어린 고양이가 처음이었던 나는 이대로 괜찮은지, 올바른 습관 같은 것을 기르기 위한 어떤 교육이 필요한 건 아닌지 다니던 병원의 원장님께 상담을 하기도 했다. 나의 질문에 대한 원장님의 대답이 지금도 마음에 남아 있다.

저마다 가지고 태어난 성격은 크게 바뀌지 않을지는 몰라도, 고양이도 사람처럼 보고 배우는 동물이기 때문에 감자의 다정하고 사려 깊은 성격을 믿어 보라고. 감자는 좋은 점이 아주 많은 고양이니까, 보리도 감자를 보고 그렇게 자랄 거라고.

원장님의 말씀처럼 보리는 자라면서 감자를 통해 모든 것을 배우고 고쳐 나갔다. 음식만 보면 사람의 것이든 고양이의 것이든 일단 머리부터 디밀던 보리가 어느 날 싱크대 앞에 얌전히 앉아 맘마를 기다리던 모습은 지금 떠올려 봐도 여전히 놀랍고 대견하기만 하다. 식사 시간이면 어김없이 싱크대 앞에 가만 앉아 기다리던 감자를 발견한 보리가 내 얼굴을 한 번 보고 다시 감자를 한 번 보고, 또다시 번갈아 보고 또 보더니 감자 옆에 나란히 앉아 맘마를 기다렸다.

나의 바람이나 기대와 달리 감자에게 보리는 좋은 친구나 의지할 만
한 상대가 아닌 그저 버겁고 귀찮기만 한 존재였을지도 모른다. 하지만
감자는 단 한 번도 보리에게 싫은 내색을 한 적이 없다. 그저 지켜보고
참아 주고 기다리며 조용히 곁에 있어 주는, 감자는 그런 고양이었다.
오래전 원장님의 말씀처럼. 나도 보리도 좋은 점이 아주 많은 다정한 감
자를 만나 이만큼 자라고 변할 수 있었던 것이겠거니, 늘 생각한다.

나장 감자·보리와 살고 있습니다

특별할 것 없는 평일 오후, 국수 한 그릇을 먹기 위해 텅 빈 버스를 타고 익숙한 길을 지나다 문득 그 순간이 너무나도 행복해서 버스 뒷자리에 앉아 한참을 소리 죽여 울었던 날이 있었습니다. 온통 환한 빛으로 가득한 오후가, 바람에 나부끼는 나뭇잎이, 무심한 얼굴로 거리를 지나는 사람들이, 그 순간 저에게는 너무 다 대단하게만 느껴져서요.

몰랐더라면, 겪지 않았더라면 좋았을 일이 더 많은 삶이었습니다. 변변한 재산도 위자료도 이렇다 할 벌이도 없던 저에게 아이들은 무엇으로도 상쇄되지 않는 무거운 책임이었고, 유일하게 믿고 기댔던 부모님은 끝내 딸의 이혼을 지지하지 않는 가장 가깝고도 가장 먼 타인이었습니다. 그 누구도 나를 온전히 이해하지 못했고 그 어디에도 온전한 내 집은 없었습니다.

언제 어떻게 날아들지 모를 주먹과 욕설을 피해 도망쳤으나 많지 않은 나이에 세 아이의 엄마가 된 저의 이혼은 그저 사람들이 떠들기에 좋은 하나의 가십일 뿐이었습니다. 그렇게 어디에서도 온전히 받아들여지지 못한 채 떠돌아야 했던 오랜 소외 속에서 감자는 유일한 위로였고 희망이었으며 세상을 향해 두 발 딛고 나갈 수 있게 해준 든든한 바닥이었습니다.

저는 이제 감자와 보리를 통해 세상을 바라보고 이해합니다.

볕 좋은 어느 날 열린 창을 향해 코를 킁킁대며 불어 드는 바람의 냄새를 맡는 감자의 얼굴을 보며, 초파리 한 마리만 나타나도 대단한 사건이라도 벌어진 양 호들갑을 떨며 뛰어다니는 보리를 보며, 세상 무엇과도 바꿀 수 없는 행복을 느낍니다.

감자가 아니었더라면 절대 알지 못하고 보지 못했을 이 다정하고 따뜻한 세상이 저에게는 너무나도 크고 특별해서 다른 것은 이제 아무래도 모두 상관없을 것만 같습니다.

내일 또다시 끝없는 절망과 무력감이 저를 엄습할지도 모르겠습니다. 그리고 제가 잃어버린 무수한 것들은 영원히 만회할 수 없을지도 모릅니다. 하지만 저는 살아남았고 세상 무엇도 그보다 중요하지는 않을 것입니다.

어떤 식으로든 삶은 계속될 것이며 저는 저만의 새로운 역사를 다시 만들어 갈 것입니다.

살아남으시길 바랍니다. 어떻게든 버티고 살아남아 '그리하여 어느 날'로 시작될 당신만의 이야기를 또 다른 우리에게 들려줄 수 있도록.

끝끝내 행복해지시기를, 바랍니다.

기댈 곳 없는 사람과 갈 곳 없는 고양이가 만나 시작된 작은 기적

그리하여 어느 날

초판 1쇄 인쇄 2020년 2월 1일
초판 1쇄 발행 2020년 2월 5일

지은이 11월

펴낸이 김연홍
펴낸곳 아라크네

출판등록 1999년 10월 12일 제2-2945호
주소 서울시 마포구 성미산로 187 아라크네빌딩 5층(연남동)
전화 02-334-3887 팩스 02-334-2068

ISBN 979-11-5774-662-0 03810